# O amor e sua fome

Lorena Portela

O amor e sua fome

**todavia**

*Para Matthew, meu banquete e meu descanso*

*Seu filho feio e louco ficou só*
*Chorando feito fogo à luz do sol*

Caetano Veloso, "Negro amor"


*Y por los que creen que el amor es la hartura.*
*Oídlo bien: El amor es el hambre.*

Carmelina Soto, "Los amantes"


*(Mas também quem vai querer viver faminto?)*

Victor Heringer, *O amor dos homens avulsos*

# I.
# A rua

Se eu entortasse a cabeça assim de lado e virasse o pescoço bem pra trás, jogando o globo dos olhos pra cima, dava pra ver minha rua direitinho, os detalhes todos que sei até hoje de cor e salteado. Da largura da calçada, cerca de sete palmos meus, ao número contado de passos até o posto de gasolina com um *i* azul na frente, lembro de tudo, mesmo estando distante, no tempo e nos mapas. Do lado direito de casa, dois pés de coqueiro sem coco, um pé de planta, uma goiabeira também pobre. Do lado esquerdo, a Inês, que descascava tangerina sempre à uma e meia da tarde, poucas horas depois do cheiro de frango cozido que ela preparava entrar pelos buracos da janela do meu quarto. A Inês tem a cabeça cinza, usa vestido de estampa de flores quase sempre, veste branco às sextas-feiras, mesmo as que não são santas. É mãe da Joana, que tinha nascido João, e é quase da minha idade. A Joana é filha dela com o Chico do Boto, rezador e amigo dos peixes.

Se eu ficasse acocorada debaixo do pé de planta, numa altura que é mais pra espiar do que pra cagar, ia ver que saindo de casa pelo lado do coqueiro tinha a bodega com xilito, pirulito Zorro, dindim de batata-doce, salgadinho banhado em óleo exposto dentro de uma caixa de vidro que era pra proteger das moscas, mas o dono fingia não ver e o cliente também fingia não ver as moscas já voando dentro da caixa, pousando em cima dos salgados, sem poder sair dali. Dentro da bodega tinha o menino zoadento com fio de sujeira preta no pescoço, que comia paçoquinha o dia inteiro, até os dentes caírem. Era Djon Lenôn o nome da praga, meu deus do céu. No balcão, tinha o Douglas, que faltava um trisco de nada pra ser bonito e mesmo assim tinha cacife pra se agarrar com a Manuela, da casa em frente ao posto. A Manuela era loira-fogoió e louca pela atriz principal da novela *Mulheres de areia*, então deixou o cabelo liso crescer e pintou com duas caixas de tinta. Não ficou nada parecida com a mulher da televisão, mas era bonita de todo jeito e tinha um corpo quase nas proporções do da minha mãe, dizem.

Por trás dos coqueiros, deixando só meia cabeça à vista e um olho assim do lado de fora, era fácil de ver que o pai do Douglas sentava toda vida num banco na frente da bodega, comia torresmo com limão, e quando eu perguntava: Seu Mariano, o senhor conheceu minha mãe, né?, ele dizia: Conheci, sim, Dorinha, ela andava sempre por aí, toda pequena fora os olhos, era cada olhão, e eu: De que cor eram os olhos, seu Mariano?, e ele dizia que eram verdes e depois dizia que eram marrons, teve dias dele dizer que eram cor de uva e em seguida, sempre, sempre se levantava e me oferecia um pacote de pipoca-isopor. Quando eu fingia que ia comprar detergente, aproveitava pra infernizar, vai que ele mudava de ideia ou a resposta trocava de palavras: Mas, seu Mariano, o senhor não viu nada mesmo no dia que ela foi embora? Nem o Douglas viu? Nem a mulher do senhor viu, nem ninguém? Não vi não, Dorinha, ninguém viu nada, toma aqui a pipoca. Dona Teresa, a senhora viu? Seu Pedro, o senhor viu? Seu Josias, alguém viu? Toma aqui a pipoquinha. Ó aqui a pipoca, Dorinha. Dorinha. Jesus, santo Antônio, santa Edwiges, são Tomé, alguém viu? Não, ninguém. E teu pai, Dorinha, como ele tá? Meu pai tá lá, ué. Tá lá.

A rua não era grande nem pequena, e pra saber com precisão essa medida sem régua, era só comparar com as outras ruas do lado. Tinha frigorífico mas não tinha salão de beleza, tinha farmácia mas não tinha posto de saúde, a escola ficava na rua maior, e passando duas quadras tinha a casa de muro baixo com as letras caprichadas de tinta verde: BIBLIOTECA MUNICIPAL. No sentido oposto, contrastando com a biblioteca, tinha a igreja. Era de lá que saía o canto alto e a gente muda.

Todas as manhãs tinha fedor de peixe na calçada do frigorífico, podridão que era aquilo e o povo vivendo nem aí, parece que gostava. Tinha também a Inês fazendo remendo na varanda, uma manta de tecido que dava pra cobrir a casa com jardim e tudo. No quintal, ela cuidava de plantas que viravam bichos, cresciam retas e morriam tortas, regava um coqueiro que jorrava água brilhante, cuidava de peixe com cauda de leão, bordava um tapete de corações humanos e beijava a Joana com sua cabeça de coruja. Se a porta do quintal da Inês estivesse aberta e eu sentasse no banco lá dos fundos, conseguia ver minha casa amarela, com meu pai inanimado dentro e minha mãe com a cara torta no muro da igreja.

Na minha rua também tinha — e eu também tinha — a Esmê, que era uma pessoa inteira e não precisava de descrever, nem de explicar, está aqui e sempre esteve, ela era a presença que marcaria pra sempre meu rastro de caminho no chão.

E o mais importante de tudo, de qualquer lugar se via: aqui, na minha rua e em todas as outras que eu passasse, onde quer que eu pisasse, havia uma fome, a que me pertencia. Mesmo depois de eu engolir um prato cheio, da mesa posta com arroz, feijão, macaxeira e carne. A fome que eu carregava por onde andava, meio tonta, o cérebro pra lá e pra cá, plec, plec, plec, porque fome é uma venda ajustada perfeitamente nos olhos a ponto de cegar a gente, e eu caminhava subnutrida, um esqueleto, apesar de saudável, de ter carnes sobre meus ossos e cor na minha bochecha. Eu comia de um tudo e a fome me mordia de volta. Esse vão aqui dentro, engolindo o que houvesse à sua volta com aqueles dentes de trator que me esmagavam e a garganta sebosa que me vomitava. Minha rua foi só o começo. Essa fome, na verdade, criou tudo que eu tenho, conduziu minha história, fez existir tudo que eu sei.

## 2.
# A dança

— Tá vendo que um olho dele é mais baixo do que o outro? — Ouvi a voz da Esmê, do meu lado, com um risinho que saiu sem querer pelos olhos. — É um morto muito esquisito, né? — a Esmê insistiu, enquanto eu ficava parada de frente pro caixão, conferindo no rosto dos tristes se era certo rir de morto.

Eu estava prestes a completar oito anos, ela tinha dez e nos grudamos feito cola quente no plástico desde o primeiro dia juntas, ainda miúdas.

A mãe da Esmê, a Miriam, era prima da minha mãe, o que nos tornava primas de segundo grau. Naquele dia eu tinha ido com elas ao enterro do seu Jeremias. Em qualquer cidadezinha, enterro é evento pra ir todo mundo, cachorro, pessoas e também crianças, sem distinção nenhuma, conhecidos ou não. Todos sabem do morto, têm uma história pra contar do morto, mesmo quem nunca viu esse defunto na vida. Era reunião social, ocasião pra pôr a conversa em dia, saber mais da vida dos outros. Era quando aparecia o Miguel, que chegava de chinelo de borracha com prego embaixo e ficava escorado na parede. Tirava o boné de vereador mostrando o cabelo ensebado e não disfarçava a roda de suor debaixo do braço, ou o dente metade preto, metade prata. Ia também o dr. Paulo Dantas, com um papelzinho com a foto dele, com nome e número. Dizia como quem não quer nada que foi ele que deu o caixão pro funeral, que falou com um deputado acolá, e se mais alguém morresse, que deus nos livre a todos, que ele ajudaria a pagar também. No meio da conversa, seu Paulo Dantas oferecia um botijão de gás pra Mariângela, que diz que não precisa mas também diz que aceita, tudo na mesma frase. Gás de cozinha era coisa que dava jeito na vida.

No funeral, nesse ou em qualquer outro em Rio do Miradouro, também tinha café fraco e bolachinha salgada. Tinha velha que chorava alto e tínhamos nós, a pivetada que ia pra rir e pra comer, embora o lanche não fosse lá grandes merdas. Morte é coisa engraçada e que abre o apetite das crianças, parece. O riso sai sem querer, mas ninguém ria na cara do morto como fazia a Esmê. Isso já era demais.

A Esmê era minha única prima. A mãe dela e meu pai eram meus dois pedaços de família e eles nem se gostavam. Não tinha mais gente vinda de nenhum lado, minha família não quis se espalhar por aí, ficamos assim de pouquinho no mundo mesmo e nem esse pouco deu certo, melhor deixar assim. Acontece que ser prima era pouca coisa, tem parente que não é nada, mas a Esmê era inteirinha, cabia muita coisa nela, tinha muito espaço, ela foi se esparramando.

O que também tornava a Esmê diferente dos outros é que ela virava uma mula raivosa se alguém dissesse que isso era assim e assado e não pode ser diferente e pronto e acabou. A Esmê queria que o gato cantasse e o cachorro miasse. Queria criar as próprias medidas, as leis dos livros, e concluir, ela mesma, quanto tempo levava pra viajar da Terra até a Lua.

Na primeira vez em que a Esmê ensinou a mágica que só ela sabia, foi quando a gente estava trepada na goiabeira dentro do terreno da dona Silvia. Na volta da escola, paramos pra comer goiaba e logo depois da minha primeira mordida, ela disse:

— Que linda a cor dessa goiaba, muito violerde.

— Mas a goiaba é verde por fora e rosa por dentro, Esmê.

— Só se você quiser, Dora.

— Não, Esmê, é rosa sim, olha aqui.

— Não, Dora, é violerde, tu é burra, por acaso? — a Esmê berrou junto com o tapa que me deu na beira do ouvido.

Foram cinco segundos com meu ouvido tinindo e meu olho no olho da Esmê, nossa boca cerrada, sem se mexer, só um olho no outro. Eu entre a ardência e o fascínio, entre o desgosto e o deslumbre diante do rosto que eu mais adorava no mundo, o ouvido fervendo, um tapa que doeu tanto e foi tão bom, então, sim, passei a enxergar tudo. Tudo. Violerde, amareleta, laranzul, vermelhosa. Nunca mais eu deixaria de ver qualquer coisa que fosse. Ela seria minha e eu dela. Que sorte ter aprendido tudo com esse tapa e com esse amor.

Quando brincávamos de cabra-cega, a Esmê vendava meus olhos de um jeito que só passava um tantinho pequeno de luz e eu tinha que ficar tocando as paredes, tentando desviar dos móveis até desistir e tirar a venda. A Esmê me disse que eu tinha que aprender a ver a respiração dela, ouvir o ar se mexendo, então ia saber onde ela estava escondida. Também me disse que eu nunca poderia me esconder, que ela sempre saberia onde eu estou. E dessa brincadeira de inventar, de se esconder e de se achar, passamos a explorar a rua, a praça, a criar novas árvores, a ver os animais misturados, a combinar o chão e o céu numa coisa só.

O enterro foi só uma das tantas vezes que a Esmê e eu fizemos um milagre com as próprias mãos. Ali estava seu Jeremias deitado no caixão, mexendo a boca, revirando os olhos e sorrindo pra nós com os poucos dentes de quem só viu dentista na vida umas três vezes, se muito. O cumpadi Jerê com a cara branca de pó, o nariz cheio de algodão, um terno cinza e cafona, as unhas azuladas, rindo, mostrando a língua de quem já cuspiu muito tabaco nas calçadas da vida e os quatro dentes que sobraram. Arregalava os olhos assim, mostrava o vago da boca. Que engraçado, o seu Jeremias.

Nossa barriga já doía de tanto rir, quando despontou ali no terno marmotoso do extinto um pedaço de papel colorido saindo do bolso na altura do peito. A Esmê e eu nos olhamos daquele jeito de quem pede permissão, buscando na outra o menor sinal pra ir adiante, que pode ser uma mexida de cabeça, um riso desconfiado no canto da boca, uma frase inteira sussurrada ou a mão vacilante, que voltaria atrás rapidamente diante de uma advertência.

— Vai, Esmê, pega.

Ali, num papel do tamanho de uma carta de baralho, a Esmê e eu vimos a imagem mais bonita da nossa vida, a que grudaria nos nossos olhos feito marca de ferro. Era Maria, a Nossa Senhora, linda como só as santas conseguem ser, de manto azul e dourado, o sol por trás dela. E o menino. Um Jesus perfeito e gorducho nos seus braços, com o cabelo enrolado e o nariz pequeno. A criança mais feliz do mundo nos braços da sua mamãe, a virgem, imaculada, sem pecado, a mulher que nunca houve igual, merecidamente adorada em tantos altares, dos pobres aos ricos.

— Me dá aqui, Esmê — pedi, falando baixo de um jeito que até Deus custou a ouvir. — Vamos levar pra casa?

— Tá doida, Dora, roubar a santinha do morto?

— Mas ele tá morto já. E a santinha é tão linda com o Jesusinho. Vamos levar, vai ser nosso segredo. Aproveita que não tem ninguém vendo, Esmê, enfia debaixo da blusa, vai, vai.

— Para com isso, Dora, coisa feia, Deus castiga a gente. Se é pecado roubar de vivo, imagina de morto, sua louca.

A Esmê enfiando o cartão de volta no bolso do Jeremias. Aquele morto que não serve pra nada, dente podre, roupa medonha, num enterro cheio de rosto suado, bolacha ruim e café marrom-claro. O Jeremias que não merecia a santinha com o menino nos braços, mas ia pra baixo da terra com ela no peito e ninguém precisaria me explicar a injustiça do mundo porque eu conheci tudo ali. Não era justo o finado levar a santinha e o menino com ele, que inferno. Minha vontade era de sair arranhando os braços das pessoas e cravando os dentes nas suas mãos.

E porque Miradouro virou um lugar muito mais triste depois que o cartão foi devolvido ao finado, a Esmê deu a ideia de irmos até o tio do carrinho de pipoca, que aproveitou a morte do seu Jeremias pra apurar um extra, mas a uns bons metros da casa, pra não dar nas vistas nem ser chamado de interesseiro. A Esmê cruzou o braço com o meu e me deu um frio na barriga porque já era noite e eu quase não saía depois que escurecia, meu pai não reclamava, mas fazia cara feia, que no caso era a cara dele mesmo. Fomos até o carrinho, farejando a manteiga derretida no milho quente, e fizemos o caminho de volta animadas, com o saco de pipoca estufado e oleoso, aos gritinhos, mas por dentro eu só lembrava da santa, aquele azedo na boca de saber que ela seria enterrada.

De volta à casa do morto Jerê, ouvimos as vozes das velhas falando bem dele, porque não se tem escolha a não ser falar bem de gente que não está mais aqui. Tinham esquecido o rosário de xingamentos que o Jeremias levava na praça vez ou outra porque era malandro no jogo de cartas, arrumava briga por causa de pinga e nem o velho da sinuca, viciado em sinuca, queria jogar com ele. O Jeremias também tinha o pé estragado, umas moscas em cima, mas todo mundo esqueceu disso no enterro, não deram um pio sobre o tanto de bicho-de-pé que ele tinha. A Esmê me puxou pelo beco e nos embrenhamos num pequeno caminho de terra que nos levava ao quintal da viúva. Ela disse que era melhor comer escondido pra ninguém pedir nossa pipoca e dei graças a Deus, imagina se alguém que pegou nas feridas do Jeremias mete a mão naquelas pipocas amanteigadas perfeitas. Sentamos no chão e tentamos mastigar em silêncio, ouvindo o caroço de milho estalando e desmanchando em cinco partes diferentes na boca. Mesmo o barulho da pipoca não calava o choro da dona. Alguém lá dentro da sala, o morto já devia estar enjoado daquele aiaiaiaiai, eu estaria. Sentadas na areia do quintal, vimos o Chico do Boto passar os galhos pelo corpo do seu Jeremias, certamente pra benzer o homem pela última vez, bem que ele precisava mesmo de umas folhas tangendo os mosquitos de cima daquela carcaça nojenta.

— É uma noite muito estrelada, né, Dora? Nem tem nuvem no céu. Tá ouvindo os grilos? Tem mosquito na tua perna? — a Esmê falou, perguntou, quebrando meu pensamento que já estava longe, naquele mesmo lugar pra onde minha cabeça ia toda vez que eu estava muito feliz ou muito triste.

— Esmê, você acha que um dia minha mãe vai aparecer? Tua mãe nunca falou dela mesmo? — Lembrei da santinha com o Jesusinho, meu peito travado, cheio de ar dentro.

Eu queria uma mãe pra ter uma foto com ela, pra que as pessoas vissem a foto, pra fazer dessas fotos cartões, pra entrar nos bolsos das pessoas, pra que beijassem nossa imagem juntas num sinal de esperança, no desespero que só a fé conhece. Queria um amor de mãe que salvasse a mim e aos outros ao mesmo tempo, que sustentasse as pessoas nas suas desgraças, queria os doidos e os doentes ajoelhados diante do nosso cartaz, implorando clemência e misericórdia, enfiando o papel na boca, comendo com poeira e tudo. O próprio Deus, o Pai, mandou o Filho pra Terra, agonizar, ser traído, apanhar, levar chicote nas costelas e na cara, ser humilhado, ser odiado. Mas ali, no dia do calvário e da crucificação, Deus assistindo lá de cima, teve pelo menos a piedade de mandar a Maria pra perto. Não adiantava Deus ficar amando Jesus de longe, tinha que materializar o amor ali pra Jesus ver ou então que pai seria esse. E lá estava o Cristo, morre-não-morre, mas com a mãe do lado. Porque até Deus, que não foi parido, sabe que uma mãezinha ameniza tudo, inclusive a cruz.

— Não, Dora. — A Esmê falava com uma voz baixa como se isso fosse aliviar a pancada da resposta, pra depois se animar e tentar me animar junto. — Mas não precisa se preocupar com isso, porque eu já dei minha mãe pra ser sua mãe. A Inês também pode ser sua mãe, eu também posso ser porque sou mais velha. Você pode ter quantas mães quiser, Dorinha. E nós vamos viver juntas, pra sempre juntas.

Era a Esmê falar isso e minha cabeça voltava para aquele quintal, e a dor ia embora por uns tempos, rápido como um truque de cartas.

Miradouro era uma cidade interessante pra se ter oito anos: na mesma casa onde, na sala, um morto de pé podre morria de tédio por dentro, horas sem fim deitado num caixão ouvindo lamento de gente viva, prestes a ir pra debaixo da terra com a santinha e o menino no bolso, no quintal dessa mesma casa, eu, uma menina sem mãe e quase sem pai, contava cavalos-marinhos no céu, comia pipoca gordurosa e dançava sem aplausos, embalada pela alegria da única promessa a que podia me apegar: a Esmê e eu, primas, irmãs, mães, filhas, juntas pra sempre.

# 3.
## O benzedeiro

A benzeção do finado Jeremias não foi a única que vimos o Chico do Boto fazer. Durante nossa infância alguns pastores passavam pela cidade; padre, só umas três vezes quando teve casamento na igreja, e casamento na igreja quase não tinha por que as meninas ficavam grávidas antes e o sacristão não aceitava casar no templo, apesar de ser Deus o criador da família, segundo a Bíblia. Adão, Eva, e ela pecou, ele foi junto, Caim e depois Abel, um irmão matou o outro, depois eles tiveram que fazer filhos entre eles mesmos, então parece que essa família que Deus criou estava estragada desde o começo. Talvez seja por isso que família já formada não podia casar na igreja, porque Deus não aceitava o estrago já feito, só em andamento. Então como os padres costumavam desistir da gente, quem rezava pelas pessoas, pelas casas, tirava as doenças dos parentes e dos sem-ninguém, talvez até perdoasse os pecados, era o Chico do Boto mesmo.

Dizem — o povo conta muita história — que quando a Inês estava grávida, o Chico vivia falando, nas pescarias e nas bodegas, que tinha um tesouro dentro da barriga dela, um diamante, coisa assim. Que tinha visto, ouvido, sabido. Quando a criança nasceu, deram o nome de João, depois é que ela foi mostrando quem era, eles entendendo e acertando o nome pra Joana. Pra Inês e pro Chico não importava ter que chamar a criança por outro nome porque sabiam que a Joana era a tal da preciosa. Adoravam a menina.

A Inês era costureira. Mas não dessas de fazer vestidos com os moldes das revistas que vendiam na lotérica, nem camisa pros rapazes como os dos filmes. Só fazia reparos. Ajeitava uma barra de calça, cinco contos, apertava um cós, dez contos, mudava uns botões e diminuía a casa que já estava esfolada, quinze contos, e por aí vai. A mesa da sala dela vivia cheia de sacola verde, sacola de mercado, sacola de loja com o nome da cliente garranchado e grudado com grampeador, mais o dia e a hora que vinha buscar a roupa consertada, e ela nunca atrasava. Nem que fizesse de noite depois da novela, ou até na hora da novela mesmo, que ela ouvia no volume 26, parecia que tinha pedaço de pano no ouvido, mas entregava tudo na hora.

O Chico trabalhou numa fábrica em Fortaleza antes de se mudar pra Miradouro. Antes da fábrica, andava por aí acampando nas praias, tinha cabelo grande que se enrolava de tão sujo, falava da Índia, dizia até que foi lá um dia, que tomou banho num rio cheio de morto, que ficou sem comer carne, que passou dias só rezando e bebendo água, mas não acredito em nada disso, deixa ele falar o que quiser. E ele falava que era uma matraca, repetindo quinze vezes a mesma história, gagá, e eu na minha cabeça: já sei, Chico, já sei, o pretinho dos meus olhos indo parar na nuca de tanto eu revirar, já sei, Chico. Ele contava de deuses, de sábios com nome cheio de consoantes e de amar a vida e os vivos. Conheceu a Inês em Aracati quando vendia artesanato na praia e se arriou de amor por ela. Passaram a perambular por aí juntos, dormindo em barraca, fazendo colar de concha, ganhando cem reais num dia e apenas uns "perdoe" nos três dias seguintes, a Inês cansou da aventura, quem não cansaria, ficou enfadada, era muito sol na cabeça, e também o Chico teve um problema na perna e a Inês achou que era hora de se aquietar, ter uma casa, uma cama pra dormir, um bebê, acordar no outro dia sabendo o que ia comer.

Foram pra Fortaleza, mas o Chico não se deu com a fábrica, a perna doía, a cidade era grande, muito ônibus pra ir e pra voltar, mudaram pra Miradouro porque o Chico só podia viver se fosse perto da água, e arranjaram a casa que moram hoje, com o quintal que é muito maior do que a casa em si. Aqui ele trabalhou numa padaria, num frigorífico, na vendinha dos peixes, até resolver sair com os homens de noite e virar pescador de rio e depois benzedeiro, que era seu outro trabalho, mas desse ele não pedia pagamento. De vez em quando recebia uma saca de arroz, ou um bode vivo (também já recebeu bode morto), galinhas, quilos de feijão-verde, perfume da Avon, tudo que as pessoas agradecidas mandavam. Mas ou ele devolvia ou dava pra alguém, ou cozinhava e fazia caridade. Não ficava com nada que parecesse pagamento pela benzeção, isso nunca, ele dizia.

Virou Chico do Boto porque havia — Miradouro inteira sabia e se orgulhava — um boto no rio que ficava seguindo o barco dos homens só quando o Chico estava. Se ele não vinha, o boto não aparecia. E o bichinho era bom, as moças podiam tomar banho no rio mesmo menstruadas que o boto não pegava, não mexia com elas nem tentava fazer filho nelas. Quando o Chico saía pra pescar, o golfinho ficava pulando na água e seguia do lado deles e, não sei se era esse o motivo, mas a pescaria era melhor com o Chico no barco e o bicho por perto. Se era verdade, mentira ou exagero, só quem pode dizer são os homens do barco, e também o Chico nunca confirmou nem desmentiu, claro que não. Ganhou o nome de Chico do Boto e ficou por isso mesmo. Sabia várias rezas diferentes, fazia barulhos com a boca fechada, rezava toda vez antes do barco sair, rezava se a água se agitava, rezava se os homens tinham tristeza, rezava pra dar esperança e pedir milagres, e, de tanto rezar, virou rezador e amigo de tudo que vivia na água e na terra.

Mas também teve a madrugada do assobio, que era uma história que, da padaria ao posto de saúde, passando pela casa de luz fraca, cheia de mulher de batom vermelho, rindo, vestindo shorts que mostravam a bochecha da bunda, todo mundo sabia, criança e idoso, morador ou forasteiro; a história que até saiu no programa da rádio um monte de vezes.

Numa das noites em que o Chico saiu pra pescar com os homens, coisa de três, quatro da manhã, dizem, uns seis ou sete homens, cada um diz um tanto, chegaram à encruzilhada que não tem casa em nenhuma das esquinas, só o descampado, a poeira e o mato morto. Os homens vinham em silêncio, ninguém falava nada por causa do sono, e porque era bom ouvir apenas os passos uns dos outros no breu da noite, a lua tão fraca quase sumindo no céu e nenhuma lamparina. Pois na encruzilhada, quando chegaram bem ao meio, precisamente na cruz, nem um zilímetro a menos, os homens ouviram um assobio tão forte e tão fino que, além de arrepiar os cabelos de todos e entortar a espinha de dois, deixou um deles surdo, dizem, outro ficou doido e ouve o assobio até hoje, dizem, e teve um homem num raio de dois ou dez quilômetros, não lembro, que foi o único que não saiu pra pescar naquele dia, mas também ouviu o assobio e depois sumiu na poeira, nunca mais foi encontrado, nem a carcaça dele acharam, é o que contam. Tem mãe que diz pra criança que o homem que sumiu no descampado virou a mula sem cabeça. Pode ser que sim. Mas na hora do assobio ali na encruzilhada, os demais pescadores, incluindo o Chico, ficaram paralisados, sem mexer uma pestana. Depois veio outro assobio, mais perto. O sangue dos homens congelado de medo. E depois outro, fino, fino, chegando mais perto, e os ouvidos daqueles filhos de deus já doendo. Então o Chico respondeu, sem dizer uma palavra. Assobiou de volta depois de juntar a maior força que conseguiu nos pulmões. Tem quem conte a história dizendo que o assobio do Chico durou um minuto, mas o povo gosta de inventar, ainda mais se for pra dar entrevista na rádio. Só acredito na parte que ele respondeu e o som do escuro parou. A partir daquele dia, toda vez que os homens passavam na encruzilhada, lá vinha o apito agudo direto do céu, do inferno ou do purgatório, gente viva é que não era. O Chico respondia, o assobio dava passagem, e os homens seguiam pro rio, atrás dos peixes.

Tinha também quem dizia que o assobio não era nada, só uma plantação de cana por perto, as canas balançando de um lado pro outro, soprando aquele uivo que parecia humano. E a outra versão — são muitas — diz que o assobio, na verdade, era de um pai que, décadas atrás, saiu pra caçar de noite acompanhado do único filho e ambos combinaram de assobiar em caso de se perderem um do outro. Pois dito e feito, se perderam, nunca mais se acharam, morreu pai, morreu filho, mas seguem assobiando pra se acharem um dia. É por isso que tem uma maldição que ninguém pode assobiar se está chovendo, porque a chuva impede de ouvir o som, a alma do caçador fica com ódio e mata mesmo, sem contar duas vezes, a pessoa cai dura, melhor evitar, por precaução.

A Inês e o Chico tinham um quintal que era um mundo, o maior que eu já vi. Criavam os bichos presos, os bichos soltos, as plantas rentes ao chão, as plantas que ficavam penduradas, erva-doce, erva-cidreira, erva-mate, erva disso, erva daquilo, arruda, capim-santo, e digo só os nomes que eu sabia, mas tinha muito mais. Tinha galinha, pato, tartaruga, manga, acerola, tomate, uva azeda, goiaba, coqueiro, bode, ganso, cachorro. Não era só o boto que gostava do Chico, a natureza parece que simpatizava com ele também e isso, claro, ajudava que ele ganhasse respeito na cidade. Se a natureza estava do lado dele, se ele tinha o boto, as plantas todas verdes, se por causa dele a rede se enchia de peixe, se o assobio parava e o coração do homem se enchia de fé, se entrava gente doente na casa dele que depois saía boazinha, então o Chico deu seus motivos pra ser mais respeitado do que o prefeito, que alguns nem lembravam o nome, muito menos o número que votaram na eleição.

Se chegasse um menino com a barriga torta, as tripas retorcidas, lá ia o Chico atrás das mudinhas dele, levava o menino pro quarto junto com a mãe ou com o pai, despia o menino no peito e começava a passar os galhos pelo corpo enquanto falava umas coisas que, espiando pelo buraco da parede, nem eu nem a Esmê conseguíamos entender. Depois o menino ia embora ainda despombalizado, mas dava dois dias e ficava bonzinho.

Lembro quando chegou um bebê todo amofinado lá, os braços caindo pelos lados, o pescoço mole, pegando fogo em febre, a mãe nem levou ao posto porque teimou que era quebranto. Dizia que o bebê era bonito demais (não era) e que por isso todo mundo botou olho gordo (quem ia gastar olho gordo naquele desgraçadinho eu é que não sei). O Chico benzeu, deu soro caseiro, disse que a mãe tinha que ter levado o menino primeiro ao posto antes de ir lá, mas pronto, milagre feito. O bebê que só a mãe achava lindo já estava andando feio nos braços dela, pra cima e pra baixo, poucos dias depois. Uma alegria.

E não era só isso, não era só doença séria ou doença do corpo. O Chico do Boto também curava bebedeira, cafajestagem, fogo no rabo, homem com sintoma de gravidez todo mole com a mulher buchuda em casa, casamento ruim, traição, curava ódio de pai e filho, dívida de jogo, ameaça de agiota. A única coisa que o Chico não dava jeito era naquela ânsia de vômito que a Joana tinha de Miradouro. Não queria viver ali, queria ir embora, se recusou a crescer naquele lugar, soube disso desde cedo e se fez saber, baita de uma sirigaita.

# 4.
# A festa

Ir à praia em Fortaleza era programa de dia de aniversário. Não só pra mim ou pra Esmê, mas todo mundo em Miradouro costumava fazer o mesmo: pegar a estrada e passar o dia em Fortaleza, comendo caranguejo, camarão, peixe frito, as crianças brincavam nas barracas com piscina, as mulheres iam ao calçadão da beira-mar pra comprar artesanato, os homens bebiam muita cerveja, só sabiam fazer isso.

Na véspera do meu aniversário de dez anos, fui passar a noite na casa da Esmê pra irmos à praia no dia seguinte. Eu, ela, a Miriam, a Inês e a Joana. O problema é que ia também a Liliani porque o pai dela era o dono da van. Ninguém queria de fato que ela fosse, mas precisávamos de carro grande e o pai dela enfiava a menina lá com a gente. Aquela pomba sem fel já irritava começando pelo nome, muito som de i junto, não tem como ter simpatia por alguém com vários is, as sílabas vão se repetindo e deixando a pronúncia idiota, i i i i. Além de chata, a menina era malfeita de corpo, molenga, parecia um cremogema humano, acho que Deus foi pegando as partes de corpo ao léu, os braços de um, põe aqui na Liliani, as pernas de outro, eita, cola ali naquela coitada, a barriga então eu tinha certeza que não era pra ser dela, mas acabou sendo e Deus preparou assim, sem se preocupar com o resultado. Vai lá, Liliani, vai, ficou bom assim, filha, pode ir, até ouço Deus rindo e olhando pros ajudantes, eles todos com pena, mas rindo também, e a Liliani veio mesmo ao mundo daquele jeito e ainda achou foi bom.

Como se não bastasse, a estranha era mais forte e mais alta do que nós três, tinha comido muito Mucilon na colher e mingau de aveia, só restou o rosto de boneca em cima daqueles blocos de corpo humano. Pra coroar a paisagem, a Liliani tinha uma mãe madame que usava aparelho de ferro nos dentes. O pai da Liliani era endinheirado, herdou uns sítios dos avós, que por sua vez herdaram dos bisavós, e parece que eram donos também de uma concessionária em Fortaleza e um salão de beleza, então dinheiro não era problema, e isso dava à dona Lídia tempo de sobra pra ser insuportável e ensinar a filha a ser também. As duas tinham babá, uma empregada que fazia tudo lava-passa-cozinha-dá-remédio-vai-no-banco-cuida-do-cachorro-dorme-no-serviço.

Na noite anterior ao meu aniversário, a Esmê e eu nem dormimos de tanta ansiedade. Nadar no rio em Miradouro era coisa de todo dia, mas ir à praia era ocasião especial, tipo Ano-Novo, festa junina. De madrugada, a manhã ainda escura, vestimos os biquínis pra não perdermos a hora de saída, que era às oito da manhã. Ficamos acordadas, brigando com o sono, inventando jogos sem criatividade, uma chatice atrás da outra. Quando os olhos começaram a pesar pra valer, perguntei.

— Esmê, como você acha que vai ser nossa vida? Amanhã eu vou estar mais velha, e depois que eu ficar mais velha? E quando eu ficar adulta, como vai ser?

— Ai, Dorinha — ela começou —, não sei, não tenho como saber o que vai acontecer, né? Mas acho que nós vamos crescer e namorar rapazes e ir pra jantares e festas. Vamos ser comadres e ir às compras juntas e resolver burocracias. Quando virarmos adultas, vamos sentar todos os dias na varanda e conversar das novelas, tomar café e fazer tricô ou renda de bilro. Vamos pra Fortaleza, pra praia, tomar banho de mar tantas vezes, comprar roupas de cama no shopping e artesanato na feira do centro. E depois, velhinhas, vamos morrer no mesmo dia, na mesma hora, vestindo uma roupa igualzinha.

E vamos pro céu, de mãos dadas, assim dormindo. E você, como acha que vai ser?

— Eu acho que vai ser igualzinho, Esmê. Vamos ficar juntas o tempo todo, até morrer.

O dia na praia foi o de sempre. Era bom entrar no mar, nadar com a Esmê, correr com a Joana, excluir a Liliani de algumas brincadeiras e aproveitar pra rir da cara dela de enjeitada. De vez em quando, meus olhos se viravam pra areia e eu via: a mãe da Esmê tomando sol, a mãe da Joana também, o pai da Liliani com a barriga caindo por cima das pernas, a respiração ofegante e o rosto vermelho de sol e de cachaça. Homem feio, meu Deus. Acontece que mesmo a filha dele sendo besta e estranha — eu que não ia querer ficar perto se a Liliani fosse minha cria —, ele até gostava da menina, fazia um carinho nela, gargalhava das coisas sem graça nenhuma que ela falava. Só ele ria. Meu pai estava na farmácia, cheio de trabalho pra fazer, muito serviço, impossível sair, ocupado, remédio, remédio, receita, remédio, nota, troco, conselho pros outros, se cuida, Fulana, toma isso aqui direito, Beltrano, sai daqui, Dora, olha, dona Silvia, não pode esquecer de medir a pressão, sai, Dora, sai. Minha mãe também estava em algum lugar dando conta da vida que não podia ser pra depois, perambulando.

Na volta da praia, fomos tomar banho na casa da Joana pra vestir nossas roupas novas e irmos à pizzaria, comer e cantar parabéns. A Liliani não estava convidada, mas o pai dela me inventou de deixar a menina com a gente porque tinha que resolver uns problemas, a mãe estava ocupada, a empregada estava de folga, por um milagre, então ele queria mais era se ver livre da filha, aposto, o que era fácil de entender, quem não ia querer se livrar daquele encosto, ele disse que voltava depois pra buscar.

Com nós quatro de banho tomado, a Joana foi lá na sala de costura da Inês e trouxe uns retalhos pra gente inventar roupas pra um desfile de moda no quarto. Eu peguei um tecido verde que amarrei no pescoço e na cintura, resultando num vestido curto bem rodado nas pernas. A Joana amarrou um lenço na cabeça e ficou parecendo essas garotas de filme antigo que andam de carro sem teto, levando vento na cara. A Liliani não entendia de moda, era desjeitosa, então ficou se esforçando pra criar alguma coisa, mas era melhor desistir. A Esmê pegou um retalho de paetês e fez uma saia. Cortou dois buracos num pedaço de tecido azul-escuro e assim tinha uma camisa. Pôs um sapato da Inês, pegou uma bolsa da Joana, completou com óculos de sol da Miriam que estava na sua mochila e ficou igualzinha a uma mulher adulta. Tão linda que era a Esmê, tão linda, assim adulta. Olhou pra mim com meu vestido rodado e disse, com uma voz disfarçada: olha que linda você está, filhinha, com esse vestido rodado. Vem, filhinha, vamos às compras, a mamãe vai te dar tudo, pode escolher — e apontava pros retalhos ali dispostos, como se fossem prêmios, como se custassem uma fortuna e fossem objetos de desejo, que afinal, com um pouco de imaginação, eram mesmo. Eu dando a mão pra mão estendida da Esmê, meu sorriso tão grande, pronta pra sair com ela na rua daquele jeito mesmo que estávamos vestidas, nem me importaria.

A Liliani riu.

— Tá rindo de quê, Liliani? — a Joana perguntou.

— A Esmê tá brincando de mãe da Dora, e a mãe da Dora ninguém nunca nem viu.

Eu esqueci de aniversário, da Esmê linda na minha frente, dos retalhos que eu podia escolher, da praia mais cedo, da pizzaria mais tarde, do bolo com confeito barato, açúcar purinho. Meu nariz ardia, meus olhos começaram a ser expulsos do meu rosto, que pegava fogo, a falta de ar não me deixava engolir o próprio cuspe que ficou emperrado um tempão na minha garganta, então eu corri pro corredor, segurando meus olhos pra que não saltassem nem caíssem no chão e pulassem pelo piso da casa.

Do corredor, ouvi a Joana:

— Você tá maluca, Liliani?

— Ué, o que que eu falei de mais? A mãe da Dora não existe mesmo, todo mundo sabe, ninguém nunca soube dela, não tem foto, nada, pode ser até um fantasma, uma assombração.

— Assombração é essa tua cara de abestada, não faz a Dora chorar, sua maldita. — A Esmê, ainda com a boca aberta de xingamento, avançou feito cachorra em cima da demônia da Liliani.

Deu-lhe um bofetão, puxou o cabelo pra baixo, obrigando a nojenta a quase encostar a cabeça no chão, mas levou uma rasteira, bateu com a cabeça no piso de um jeito que fez um barulho pesado — tum! — e levou uns murros da Liliani, maior e mais forte. Apanhou, sim, mas não sem antes cravar três unhas da mão direita na filha da madame de aparelho, deixando uma marca vermelha e quase ensanguentada.

Da brecha da porta, eu chorava no corredor porque iria ouvir pra sempre aquela risada ruim da Liliani, e quem diz que criança não é cruel, mente, quem diz que criança é sem pecado, mente, criança também é coisa ruim, com a alma comprometida. Enquanto eu limpava as lágrimas que saíam apressadas, gostava de ver a cara dela ser rasgada pela Esmê, que mesmo apanhando tanto tinha inteligência pra uns golpes humilhantes. Entretida que eu fiquei com a luta, me dei conta de que faltava um elemento ali. Vi a Joana parada, sem fazer nada, sem um chute sequer na Liliani, ou uma cuspida, ou sem torcer um mindinho daquela mão nojenta que ela tinha. Ficou parada deixando a Esmê levar na cara, até que se entediou e resolveu apartar a briga e cada uma foi pro seu canto, com o ar saindo dos pulmões feito bofetadas. A Inês chegou e foi uma gritaria.

— O que está acontecendo aqui? Que gritaria é essa? Você fez alguma coisa com a menina, Joana?

— Eu, mãe? Eu não fiz nada, foi a Esmê e a Liliani que brigaram por causa da Dora.

— Mas foi a Joana que começou tudo, Inês — eu disse, aos prantos e com prazer —, e também foi ela que machucou o rosto da Liliani, pode olhar pras unhas dela.

Dali em diante, os dias foram regendo, os anos foram atando o destino da gente, confirmando o único nó que eu daria na vida. Só existe um tipo de amor que se impõe diante do mais forte, destemido, que não treme o queixo diante dos murros na cara dados pelas Lilianis, só um amor avança e mostra os dentes, querendo arrancar a dor do outro à faca, expurgar a doença, degolar o tirano: o amor que é maior do que a verdade. A Esmê, na nossa infância, já me fizera muitas promessas, mas ali ela mostrou que cumpriria. E eu também. A Joana que se virasse sozinha na vida, e a Liliani que fizesse o favor de morrer bem devagarinho, cheia de dor.

# 5.
## A Joana

A Joana era a terceira de nós, embora tivesse nascido primeiro. Não era grudada na gente como éramos grudadas uma na outra, mas brincava de tarde depois do almoço e do cochilo, comprava dindim de coco queimado, fazia de conta, fingida, que era nossa professora, gostava de pentear nossos cabelos e fazer roupas pras nossas bonecas com os panos que sobravam da mesa da Inês.

Era feriado e a gente ainda brincava de boneca no dia em que a Joana vestiu uma camiseta minha e uma saia bem espalhafatosa da Esmê e saiu na rua com a gente daquele jeito. Foi tanta risadaria, uns dois xingamentos e mais risadaria, que a Esmê e eu rimos também. E rimos tanto junto com os outros, até a Joana ir pra casa sozinha. No começo ela ficava brava, mas depois parou de se importar com as piadas, ganhou um walkman da tia de Fortaleza, andava com ele no ouvido mesmo se não tinha música, e também o Chico passou a andar mais pela cidade, parava na praça pra jogar conversa fora, sentava com os homens na mesa da bodega, tomava café com as beatas na calçada, levou umas mudas de verde pra um e pra outro, ensinou a plantar, o que acabou diminuindo a falação. O Chico era, também, maestro de gente, era ele começar a falar que a cidade calava.

Quando eu ia fazer dez anos, a Esmê, doze, e a Joana, catorze, a Joana deu um empurrão num menino que tentou agarrá-la. O menino deu um soco de volta, foi briga feia, nem eu nem a Esmê nos metemos. As mães e os pais dos meninos, por respeito à Inês e ao Chico do Boto, vieram pedir desculpa e ai, você entende, né, Chico, isso e aquilo, é difícil pra nós. O Chico, tranquilo feito o rio de manhãzinha, disse que eles podiam ir embora em paz, que era tudo coisa de criança. Isso era o que ele falava, mas tinha as marcas embaixo dos olhos que ele pode dizer o que for, mas eu é que sei. Só de olhar eu sabia quem também se trancava no banheiro pra se derramar com a água do chuveiro abafando o grito.

A Joana não queria viver em Miradouro. Falava bem explicadinho que queria sair dali, ver outras pessoas, morar perto do mar, estudar em escola grande. Isso era fácil de entender, muita gente queria. Tinha adolescente na cidade que ia pra Fortaleza estudar em colégio particular. O que nem a Esmê nem eu entendíamos é que, no caso da Joana, sair de Rio do Miradouro era viver longe do pai e da mãe, e ela era a única de nós três, na verdade a única de muitos de nós, que tinha pai e mãe e que ainda por cima gostavam dela. A Joana tinha o café da manhã na mesa servido igual santa ceia, o pai ajudando nas atividades da escola, a mãe fazendo os vestidos, deitava com a Inês na rede do quintal, ia pescar com o Chico, era xodó pra cá, xodó pra lá, ai, ai, ai. Quer mais o quê, sua infeliz? Tomar banho de mar? Estudar em escola de três andares? Faculdade? Ah! Faça-nos o favor, Joana. Que menina mais metida a besta. Bateu o pé e teve os desejos atendidos. Que desgraçada, mimada, afrontosa.

O pior de tudo dela, no entanto, era uma coisa contra a qual eu nem podia fazer uma acusação porque nem sequer existia. Desde pequena, a Joana me olhava de canto, com um olho ligeiro, como quem sabe um segredo meu. Botava os olhos em mim como quem guarda uma história que eu nunca contei, que eu mesma nem sei, tão secreta que só ela sabia. A Joana sabia o que quer que fosse e ela guardava bem, a boca não dava um pio.

A Esmê e eu fizemos uma música pra ela, acho que eu inventei e a Esmê aprimorou ou foi o contrário, não lembro.

Ficou bom na nossa voz, cantávamos juntas mesmo se a Joana reclamasse, mesmo se ela chorasse, mas a música era boa e nosso coral também, assim como era boa a risada que a gente dava no fim. Eu cantava essa música tantas vezes, mesmo sozinha, mesmo andando na rua, sem ninguém ouvindo.

*Joana, Joana*
*Tem dentinhos de piranha,*
*As perninhas cambitas,*
*Tem pelinhos de aranha,*
*E a bocona tão medonha.*

*Joana, Joana*
*Um dia vai cair da cama,*
*Vai perder o dentinho de piranha,*
*Vai quebrar a perninha cambita,*
*Vai rachar a bocona medonha.*

No fim do semestre da escola, era meio do ano, o Chico e a Inês concordaram em deixar que ela fosse ficar uns tempos na casa da tia, em Fortaleza. A tia era boa, mais uma pessoa na Terra que gostava da menina, dava até gastura que ninguém apontasse o dedo na cara da Joana e falasse pra ela largar de ser metida, dissesse pra ela sai daqui, não te quero aqui, imunda, para de se achar melhor que os outros e fica aqui em Miradouro sim, sua ordinária, cheia de vontade. Da minha janela, vi o Chico firme que nem pedra esperando o ônibus junto com a filha, enquanto a Inês soluçava calada no quintal. Quando o ônibus saiu, ele encostou no fio da calçada e chorou de um jeito que até o corpo balançava pra frente e pra trás, o som saindo abafado da boca. Quando se é alguém que segura as lágrimas pras horas que ninguém está vendo, no dia que o choro sai em público é quebrando a terra por dentro, explosão de foguete.

Fui lá no meio-fio e sentei do lado do Chico sem dizer nada, só passei uma mão no ombro dele. Fechei os olhos, fingi que ele era meu pai porque eu queria um que chorasse, que fizesse barulho, que o corpo balançasse de agonia, que fosse patético assim na calçada feito um cachorro doente ou gente que recebe esmola. Só a Joana tinha um pai assim, que sentia dor. E mesmo com essa fonte jorrando pra ela, a Joana sonhava com mais, quis ir pra longe porque era doida e eu rezei, mirei na imagem da Nossa Senhora e do Menino e pedi, com todas as forças, por favor, Mãe Maria, que ela fosse castigada, que virasse a mais infeliz das meninas do mundo.

Semanas depois que a Joana se foi, mesmo fraco das pernas, parecia que o Chico entendia, é melhor ela viver lá por uns tempos, Inês, ela vai fazer o segundo grau, um cursinho, faculdade, é o sonho dela, deixa ela, Inês, deixa ela lá, tá uma moça já, nós vamos visitar toda hora, depois ela vem, e também você sabe, aqui é ruim, um dia é uma briga no caminho da escola, outro dia a gente não sabe, fica tranquila, minha Inês, ela está melhor lá. O Chico falava enquanto eu fingia ajudar com as pilhas de retalhos na mesa da Inês e ela só costurava, costurava, aos montes, passou a costurar três vezes mais do que sempre, sem cansar, a mão ficava dura com tantas horas na máquina e ela fazia mais. Fez tantos vestidos pra mim e pra Joana, deixava os dela guardados na mala que levavam pra Fortaleza e os meus costurava direto no meu corpo. Só fazia roupa inteira pra mim e pra filha, pra todo o resto da cidade era só remendo, e já estava bom demais.

A Joana passou a vir pra Miradouro em meses espaçados, e cada vez que chegava odiava uma coisa diferente na cidade, o nariz tão pra cima que qualquer dia ia sair voando, reclamava até em voz alta, desaforada. E eu aproveitava pra retribuir, odiando cada novidade que ela trazia e a moça grande que estava se tornando, nunca prestou aquela ali.

34

# 6.
## Os móveis

Minha casa não tinha surpresas nem muito a explorar. Uma dentre tantas em Miradouro, se não fosse o exagero de tamanho e o fato de estar sempre limpa, cheirando a sabão e produtos de lavanda ou coco ou eucalipto. Tinha uma varanda larga que dava pra rua, uma sala de chão branco, três quartos, dois banheiros, um no corredor estreito e outro no quarto do meu pai, quarto só dele e de mais ninguém. Uma cozinha onde cabiam mais coisas do que de fato havia, o teto tão alto que não tinha necessidade daquilo, um quintal com pátio de cimento e o resto do espaço de mato e areia. Era uma casa espaçosa, onde eu podia correr tranquila sem esbarrar em quase nada, se eu corresse dentro de casa.

Meu pai trabalhava na farmácia, gostava de dizer que era farmacêutico mas não era, embora entendesse mesmo de remédio, de doença, e era homem de confiança do seu Eliaquim, o chefe. O salário do meu pai não era de dono, era de empregado, não éramos ricos nem nada, mas meu pai teve dinheiro pra construção da casa e enchia a despensa de comida, mas não se orgulhava disso, não se orgulhava de nada, não tinha um pingo de soberba e nem tinha do quê. Minha casa era, apesar do tamanho e da limpeza irretocável — cheirosa, sem poeira, sem lixo sobrando, sem objetos fora do lugar —, um ambiente que parecia normal.

Ali, mistério mesmo, só havia um: as paredes do lado de dentro deixavam meu pai mudo e imóvel. Na rua, meu pai sempre falava. Cumprimentava o Miguel do frigorífico, pedia carne-seca pra paçoca, pedia queijo pro baião, linguiça pro feijão, coxão mole pra fazer com batata. Na bodega do Douglas, pedia, rindo algumas vezes, veja só, a cachaça que toma um golinho por noite. Dava até bom-dia, que fartura. Não era conhecido por ser simpático, mas também mudo não era e sabia sorrir, se assim quisesse. Da porta de casa pra dentro, porém, a mágica da fala e do riso desapareciam assim, ó. O problema era o nome, não era mais o Benício, dentro de casa o nome dele era pai e dessa alcunha ele não gostava. Quando o Benício falava, virava alguém com jeito e com corpo. Quando pai, virava nada, bastava ficar calado, sentado, andando com passo brando em casa, pra eu não perceber a presença dele.

A cadeira que ele sentava de noite, depois do jantar, ficava do lado esquerdo do sofá, perto da janela que dava pra varanda. Quando víamos TV juntos, se é que dá pra dizer assim, ele afastava ainda mais a cadeira, e eu no sofá grande, ilhada, podia dar quatro braçadas pra chegar na outra ponta. Na rua, meu pai sabia todas as palavras; em casa, só algumas. "Bom dia", por exemplo, em casa ele não sabia como pronunciar, que jumento. Eu sabia, eu conseguia dizer as sílabas, juntar os sons, ele não.

O sino da igreja nunca tocava de madrugada, mas teve uma noite que tocou, devia ter bêbado lá dentro fazendo festa e se fosse isso mesmo, ótimo, pelo menos aquele prédio imenso teria serventia. Acordei pra ir ao banheiro fazer xixi. A casa estava escura, com a luz do poste de fora atravessando a varanda e entrando sem força pela fresta da janela. Não dava pra ver muita coisa, mas percebi a rede quase encostada na parede e o volume que parecia ser meu pai dormindo meio deitado, meio sentado, dentro da rede. Não acendi a luz da sala nem do corredor pra não acordar meu pai, mas bati o joelho com força num móvel que não estava ali antes. Minha casa nunca se mexia de lugar. Desde que eu lembrava de morar ali, tudo permanecia igualzinho, cada móvel no seu canto. Eu poderia andar por cada quarto sem ver nada e ainda assim saberia a distância entre uma mesinha e o corredor.

Segurando o xixi bem forte, curiosa, resolvi explorar aquela nova geografia da sala, a que meu pai tinha resolvido alterar por não ter coisa melhor pra fazer da vida. No escuro, calculei com as mãos o lado da estante, a TV grande, os porta-retratos com fotos de rostos que já esqueci e nenhum deles é o da minha mãe. Ao lado da estante, uma pilha de livros que li com a Esmê. Do outro, um vaso com uma espada-de-são-jorge que batia na minha cintura. No centro, não distante do sofá, perto o suficiente pra caber minhas pernas estiradas, um tapete e uma mesa de madeira pesada que eu mal conseguia mexer sozinha. Fui tocando tudo: na parede perto do corredor, um espelho de meio-corpo, e do lado direito, um quadro que sempre achei triste, apesar das cores. No sofá, meu lugar de ver TV e ser vizinha do meu pai, as mesmas almofadas, dispostas exatamente do mesmo jeito de sempre, mas agora com uma manta mais cheirosa. Ao lado do sofá, a cadeira espaçosa dele, ninguém mais sentava ali, nem visita, até porque não tinha visita.

Na rede, ele. Imóvel como tudo que eu havia tocado antes. Aproveitei que ele estava tão parado como está hoje o padre Cícero em Juazeiro e passei a mão na sua cabeça. Senti o cabelo cheio, os dedos entre a infinidade de fios e ele sem se mexer nem pra respirar. Imaginei que, dentro de casa, ele era bom nisso também, prender a respiração até morrer um pouco, porque é melhor ser um morto nessas horas. Percebi, pela primeira vez, as sobrancelhas dele com as rugas do lado, os vincos nesse espaço que vai do fim do olho até o começo do cabelo. Senti o nariz médio, a boca bem marcada, o queixo grande, desci a mão e encostei no peito, que saltou e nisso não era ele que mandava.

Vi, enfim, o coração do meu pai, o músculo indo e vindo no peito grosso, era verdade, o coração dele batendo igual ao de qualquer um. E chorei tanto, tanto, porque ele era pelancudo, tinha as carnes frias e as marcas de velho e eu nunca esperei que ele fosse assim, não vi nada disso acontecer ao longo dos anos em que ele passava por mim pela casa, nenhuma dobra eu vi se formando, nenhum poro envelhecendo, e agora esse choro arrebentado que chega vindo de atropelo, o nariz cheio do catarro que quero jogar no rosto dele, até fiz xixi, o mijo todo escorrendo no chão, esse rosto que me fazia querer gritar tão alto você é horroroso, Benício, feio demais, enrugado, nojento, seboso igual a um tapuru. Ele, acordado, permaneceu quieto, o móvel mais pesado da sala, a mobília mais dura da casa, mais concreto do que o cimento sob nossos pés.

# 7.
# A manga

Quando o sangue passou a, mês após mês, descer quente e grosso pelas minhas pernas, eu ainda tinha um corpo pequeno e a Esmê já era mais carnuda do que eu. Ela me abraçava e eu sentia os dois peitos feito montanha tocando meu braço esquerdo, às vezes o direito, ou minhas costas, quando o abraço vinha sem aviso. Em mim mesma, quando eu me tocava na altura do colo, sentia a lombada se formando, como uma raiz que cria volume por baixo da terra. Se eu descesse as mãos, tocava os pelos despontando mais pra baixo da barriga, e fora isso tinha as sensações novas que aconteciam do lado de dentro, não dava pra ver mas eram tão ressaltadas e tão de verdade quanto um braço ou um joelho.

A Esmê ia aos forrós toda quinta-feira. Encontrava o Jaime, irmão do Douglas, e eu achava brega que esses irmãos tinham nomes estrangeiros, mas a Esmê gostava e me chamava pra ir ao forró junto com ela. Em Miradouro, muita gente nem sabia quem era a Dora e quem era a Esmê de tanto que parecíamos uma pessoa só. No entanto, pro forró eu não ia. Meu pai grunhia, emitia um som que parecia a palavra "enxerida", não me proibia de ir, nem sequer sabia palavras suficientes pra proibir, mas fazia um som de bicho e aí eu inventava uma desculpa pra ficar em casa, dizia pra Esmê que eu não tinha idade pra ir a festas, embora todas as meninas de catorze anos já fossem.

Depois de insistir um bocado de vezes, a Esmê se cansou da minha criatividade pros pretextos e disse que eu devia ir até mesmo com o zumbido do meu pai, que ele tinha sempre aquela feição de bosta e que não fazia diferença nenhuma eu ir ou não, o bico dele não ia diminuir em nada, e que eu estava perdendo muita coisa ficando em casa e sendo lesada, meu pai que se lascasse.

A verdade é que havia tempos eu queria ir mesmo. Sempre quis ver o que tinha lá, as pessoas dançando, suando, o calor do álcool, mas fiquei bestinha mesmo foi quando a Esmê contou que tinha beijado o Jaime na boca. Eu perguntei como era, o que ela sentia. Já tinha visto os beijos na novela, aquele barulho de saliva que a língua faz quando desprega do céu da boca, mas eu precisava que a Esmê me contasse com as palavras que a gente sabia, detalhado.

— Ó, Dora, assim — ela dizia fazendo os gestos —, é igual novela. Os lábios têm que se encostar devagar, sem pressa, sem força, daí tem que abrir a boca, mas não muito, quando o espaço está livre, a língua entra no espaço e daí as línguas se enroscam e depois cada uma vai se ajeitando pra que a outra caiba e fique dançando lá dentro.

A Esmê falando assim era bonito, claro, mas eu só imaginava a nojeira. A boca que você usa pra comer e cuspir e escarrar, a mesma boca que tem cárie e resto de comida e coisa presa no dente e bafo ruim às vezes. A Esmê riu porque disse que é nojento mesmo e ninguém liga, porque afinal é muito bom e dá calafrio dos pés à cabeça.

Naquela quinta-feira, antes de ir pra festa, a Esmê passou lá em casa. Eu estava vendo a novela, esperando o beijo dos atores pra conferir se eles faziam igualzinho ao que a Esmê tinha contado. Ouvi barulho da porta abrindo, a Esmê entrou sem bater, me arrancou do sofá e me levou pro quarto, esbaforida. Cheirava a patchuli, perfume novo, crescido.

— Dora, o Jaime passou lá em casa hoje de tarde e pediu pra eu ir de saia pro forró. Ele disse que queria mais do que beijo hoje — a Esmê falou tudo isso sem vírgula, jogando uma tonelada de respiração em cima de mim. Na voz da Esmê, o peito dela batendo com força.

— Mais do que beijo? Ele já pegou no teu peito? Vocês vão transar? — falei, imitando as personagens da novela.

— Tá maluca, Dora? Não vou transar com o Jaime, não! Vamos pro forró comigo, por favor?

— Não quero, Esmê, tenho muita tarefa da escola. Na outra quinta eu vou.

Ainda era estranho pra ela sair sem mim; ainda era doloroso, pra mim, ficar em casa sem ela.

— Medrosa, manda teu pai à merda, Dora.

— Para, Esmê.

— Tá, tá, Dora, deixa pra lá. Eu venho dormir aqui quando acabar a festa, vou ficar agoniada se deixar pra te contar as coisas só amanhã.

— Tá bom, vou ficar acordada te esperando. Tu comprou essa roupa nova?

A Esmê estava usando uma saia azul com flores verdes, no meio da coxa. Uma camiseta com três botões na frente e alças finas, uma das alças meio folgada que ficava caindo pro lado, uma sandália de salto pequeno e o cabelo preso num rabo de cavalo que, supunha eu, era pra não grudar os fios no pescoço quando ela começasse a suar. Usava duas pulseiras no pulso direito, um brinco em formato de folha e um batom cor de acerola, que ficou um pouquinho no dente, vi enquanto ela mastigava um chiclete de hortelã.

— Sim, Dora, minha mãe comprou hoje. O perfume é dela, eu roubei um pouquinho antes de sair. Gostou?

— Tá linda, Esmê. Vira aqui pra eu ajeitar a alça do teu vestido. A pele da Esmê, quente, fazia contraste com o tecido frio. Reparei nos pelinhos pequenos que ela tem no fim da nuca, descendo um pouco pelo pescoço. O vestido tinha uma cavidade grande do lado e a curva do seio da Esmê ameaçava aparecer. Eu já tinha visto o peito da Esmê tantas vezes, mas aquele pedacinho ali, aquele vai num vai da curva, aquilo era que inquietava, que deixava o olho parado. Deslizei o dedo ajustando a alça, deixando o tecido mais rente à pele. Deslizei a mão pelo braço dela, mais macio do que o travesseiro que eu dormia, parecia pele de mulher de propaganda.

— Cuida, Esmê, vai logo pra você não chegar tarde.

A Esmê olhou pra mim, fundo como quem me vê, deu um sorriso bonito de mulher adulta e eu percebi o quanto ela havia mudado. O corpo, o rosto, a pele, as coxas, o sorriso. Passou a se mexer diferente no mundo, deixava as vontades à mostra pra quem quisesse ver, não falava, fazia, ganhava cada vez mais carne no corpo e todo dia era uma Esmê diferente e corajosa.

Quando ela saiu desembestada, deixou o rastro de quem se perfumou sem piedade, ainda bem que não era o outro perfume doce demais que ela usava às vezes, dava até tontura. Voltei pra novela sem conseguir prestar atenção em mais nada. Dei boa-noite pro homem-móvel na sala, escovei os dentes, troquei de roupa, deitei na cama. Na minha cabeça, uma sequência infinita de Esmês. A Esmê peixe dançando no mar com a saia azul. A Esmê passarinho ao redor das flores. A Esmê diaba no meio do fogo. Esmê sereia, dragão, nuvem. A Esmê e seus botões no peito, o peito da Esmê. O Jaime com a mão no peito da Esmê. A Esmê com a boca aberta e a língua do Jaime dentro. A Esmê feliz com a língua do Jaime. A língua da Esmê, o peito da Esmê. O Jaime. Os dois encostados na parede atrás do forró, a parede engolindo o Jaime e a Esmê e os dois gostando de ser engolidos, de se engolirem, o Jaime com oito mãos ao redor da Esmê, a Esmê com oito pernas ao redor do Jaime. Jaime-polvo-Esmê.

Tinha passado das onze e eu ainda estava bem longe de dormir quando a Esmê entrou quase sem fazer barulho. Ouvi o cadeado destravar com cuidado, o portão abrir devagar, a maçaneta girar suave, os barulhos todos anunciando que em segundos a Esmê estaria ali, me contaria tudo e a agonia iria embora. Ela chegou trazendo uma cara nova no rosto e o cheiro de patchuli de volta.

— Dora? — a Esmê disse, sussurrando.

— Não tô dormindo, conta.

— Vou trazer a luzinha da sala pra cá, tá escuro demais aqui.

— Tá. Conta.

— Espera. Deixa eu ligar essa luzinha.

— Conta, Esmê. Foi mais do que beijo?

— Posso beber água antes?

— Não, Esmeraldina, fala.

— Ai, Dora, o Jaime me beijou zilhares de vezes, daquele jeito que eu te disse, cheio de língua. Beijou meu pescoço também, beijou aqui, ó — a Esmê mostrou o colo brilhando, decerto por causa da baba do Jaime. — Uma delícia, Dora, a boca doce, macia e molhada igual manga madura.

Dessa vez era eu que sentia minha própria respiração, misturada com o cheiro de cerveja que saía da boca da Esmê. Um cheiro de cerveja, hortelã e Jaime.

— E depois?

— Depois a gente foi pra trás do forró, ele ficou passando a mão no meu peito, assim. Creia em Deus Pai, Dora, eu pensei que fosse morrer, corre um frio no meio das pernas, parece que tem uma água-viva ali no meio. Ele quis pôr a mão por baixo da minha saia, mas eu não deixei. Falei que estava tarde e que eu vinha dormir aqui, saí correndo e vim pra cá... Dora?

— Sim, tô ouvindo.

E eu estava mesmo. Não só ouvia como sonhava com essa carambola-do-mar, viva e luminescente que a Esmê dizia sentir no meio das pernas. E a mão do Jaime, com a língua do Jaime, a mão-língua do Jaime lambendo a Esmê.

— Quando será que eu vou beijar na boca, Esmê?

— Oxe, qualquer hora, na hora que tu quiser, estala o dedo e vai estar assim de menino querendo te beijar. Tu é linda demais, Dora.

— Tu acha que eu vou saber fazer direito, do jeito que tu contou?

— Claro que sim, é fácil. Quando acontecer, lembra do que eu te disse: fecha os olhos, encosta o lábio, abre a boca devagar, sem agonia, Dora, deixa a língua entrar, depois põe tua língua na outra boca e o resto você vai saber. Mas tem que dar sorte de pegar uma pessoa com beijo bom, porque se pegar uma com beijo ruim aí depois fica mais difícil desaprender, tem que começar do zero.

Água-viva. Esmê. Pernas. Mãos. Jaime. Língua. Polvo.

A Esmê ainda falou por um bom tempo e eu intercalava entre as imagens do que ela contava e as minhas próprias, saídas de tudo que eu desconhecia. Depois deitou do meu lado, ficou quieta, calada, sonolenta. Encostou a cabeça no meu ombro e eu ainda sentia o hálito dela, a cerveja, o patchuli, o Jaime, além do cheiro que era só da Esmê.

— Dora? Tá dormindo?

— Não. O que foi?

— Nada.

— Fala.

Uma pausa. Um respiro pesado.

— Se tu quiser, eu posso te beijar pra tu saber como é e o que fazer. Quer?

Água-viva. A Esmê. Danada.

— Quero — eu disse, tão baixo, quase com medo dela escutar.

— Então vai, fecha os olhos.

O corpo da Esmê foi se ajeitando e o ar que saía do nariz chegando mais perto do meu rosto. A boca da Esmê encostando em mim, abrindo como um convite pra que a minha fizesse o mesmo, a língua encostando na minha, empurrando, depois cedendo, depois voltando. Eu conhecendo a Esmê por inteiro porque tinha acabado de entrar nela. Uma parte de mim tinha entrado na Esmê, uma parte dela tinha entrado em mim. A minha saliva agora estava no corpo dela e a dela no meu e, uma vez misturadas as bactérias, o sódio, o magnésio, os ácidos, não dava mais pra desmisturar. Como quando mistura o café e o leite e aí não tem mais como virar só leite ou só café, e que se tornem as duas uma só carne, era o que o padre dizia, não seremos mais duas, apenas uma, ele leu na Bíblia.

Nessa mesma noite, a Esmê voltou a me beijar quando bem quis com a boca de manga madura que ela tanto falava. O que ela não sabia, o que eu não falei em voz alta, é que quando ela começava eu queria morder, mastigar e engolir cada pedaço dela, até os sebosos, até os que ela não lavava direito.

# 8.
# O rio

A desgraça de se apaixonar é que é como ver um bicho que vai crescendo de tamanho e fora de controle com muita rapidez. Era apenas um trocinho miúdo e indefeso ali na quina da parede, mas então você olha e tomou a parede inteira, vê de frente, pega na mão, alimenta e depois vira um urso medonho, a boca tão grande que cabe uma espada. Foram só alguns beijos de noite, depois uns peitos no dia seguinte, e mais alguns no banheiro de casa, e a Esmê foi ocupando os poucos espaços que só não eram dela ainda porque nem existiam. A Esmê criou esses lugares e foi se acomodando ali. Era minha prima, primos, minha irmã e irmãos, era minha melhor amiga, era também minha mãe e meu pai, estava ali sem trégua, e agora era minha namorada de beijar na boca, sentir o gosto do almoço e tudo.

Ela beijava os rapazes também, o Jaime principalmente, o Jaime toda hora, mas de noite, se ela ia dormir lá em casa ou se eu fosse dormir na casa dela, era a mim que ela beijava por dez minutos sem tirar a língua. Além de me fazer carinho no rosto e no cabelo, brincar com meu mamilo, deixar que eu brincasse com o dela, e dizer que eu era a menina mais bonita que ela já viu — contando as das revistas e das novelas —, mais bonita até do que a Joana, o que era uma coisa difícil e nós duas sabíamos que era mentira, mas eu acreditava.

Gostar da Esmê daquele jeito novo me fez deixar de comer o café da manhã, me deu febre, dor no corpo e dor de barriga, igual virose. Durante o dia ela era a pessoa de sempre, a que esteve ali desde que eu me lembro de existir. Íamos à escola juntas, passávamos o intervalo no mesmo lugar, dividindo o mesmo lanche, rindo das mesmas besteiras. Mas de tarde, no rio, a dor na barriga pior do que diarreia começava e durava até de noite, quando ela chegava pra jantar e íamos pro quarto depois. Eu mal comia, eu nem tocava na comida, e a agonia só parava quando a Esmê passava o braço em volta de mim na cama e ficávamos ali respirando lado a lado, atando esse laço que só dá certo quando se respira junto em silêncio, sem dizer uma palavra e o espaço ao redor fica tão oco que dá pra ouvir as barrigas roncando.

Com o passar das noites no quarto uma da outra, a Esmê foi, lentamente, anexando o Jaime entre nós e não sei como isso era tão liso na nossa cabeça, era apenas assim, a relação precisava de uma liga que apenas alguém como a Esmê conseguiria reger com cuidado e esperteza. E foi o que ela fez, como uma música, com aquela habilidade que era dela e que, coitados de mim e do Jaime, só obedecíamos. A Esmê foi transformando nós três numa forma só.

Ao mesmo ritmo que a adolescência se impunha e amargava a comida, a bebida, e o azedo do mundo sobressaía — incluindo o azedo do suor dos nossos corpos —, a Esmê, o Jaime e eu tínhamos o rio. O rio que nascia desde antes da cidade e desembocava em nós três. Percorria aquele estirão de terra apenas pra banhar meu corpo com a Esmê e o Jaime junto. Pra nos lavar depois do dia de aula, do trabalho do Jaime na madeireira, do almoço que comíamos no peso depois de roubar e fumar umas folhas do quintal da Inês e do Chico.

O rio era o império, nosso reino. Foi o rio que trouxe o amor enquanto eu olhava o Jaime abraçar a Esmê, que retribuía o abraço e beijava o Jaime de um jeito que dava pra ver a língua e ele arrumando o calção toda hora. Coisa linda. A Esmê vinha, ainda molhada, e me abraçava, me puxava pra água, agarrava as pernas na minha cintura. O Jaime beijava a boca da Esmê enquanto as pernas dela ainda estavam em mim. O Jaime deitava meu corpo em cima das mãos deles, me suspendia e deixava a água me sustentando por baixo.

O rio era quente, firme e claro. Batia luz do sol às quatro da tarde, a hora em que a Esmê e o Jaime grudavam as bocas e eu, dentro d'água, olhando de longe, ficava ajeitando minha calcinha também, incômoda que era.

Eu amava a Esmê e o Jaime, juntos, comigo. Era amor porque era amizade, no mundo inteiro só havia nós três e o banho de rio e os animais dos rios, os reais e os dos sonhos, só nós ali. Só podia ser amor, eu não sabia outra palavra, os bichos nadando me sopraram que sim, era isso, desconhecia outra definição melhor, o rio passava por nós e eu sabia. E amor é só isso mesmo, parece complicado, mas não. É só companhia, um dia depois do outro, crescer junto, suportar os fedores dos corpos e os pelos crescendo em todo canto. Um banho de rio, a pessoa molhada rindo pra gente, e ficar confortável com a nudez, como o corpo é bonito sem roupa e também esquisito, bonito e estranho como o peixe-borboleta.

A adolescência é um tempo que diz pouco, mais confunde do que clareia, norteia pouco e embaralha muito, mas quando a Esmê mergulha e na volta limpa o nariz cinco vezes, e o Jaime diz que o nariz da Esmê é tão lindo, e é mesmo, e ele lambe o nariz dela sem se importar com nada, como quem diz eu quero tudo que vem de você. O Jaime era tão pouquinho, parecia um calango diante daquela mulher cheia de cor e de carne que era a Esmê, grato a ela como quem recebe caridade e a Esmê olhando aquelas asinhas que o Jaime chamava de braço e sorria satisfeita para aquele rosto nota 6, olhando e rindo benevolente, como a padroeira da caridade que ele recebe. Ele não merecia chegar perto daquele nariz, quanto mais lambê-lo e sentir o salzinho que escorria dali, mas a Esmê é uma santa e nisto consiste o amor também, deixar que o outro usufrua do nosso melhor sem que mereça e, mais importante, o amor consiste em não dizer as verdades, é um acordo em que cada um sabe que jamais sobreviveria se conhecesse o outro inteiro. Eu olhando os dois percebendo a desconjuntura, achando que amar tem uma cara desengonçada e não precisa ser de outro jeito.

Não tinha uma cartilha descrevendo, um sábio guiando, a gente só entendia, amor é isso aqui.

A Esmê, o Jaime, eu. Inventando outro planeta, dando novos nomes às plantas, repovoando as terras vazias, os vazios da gente, esses que todo mundo tem, criando poderes, vencendo as guerras, calando os carrascos, construindo um atalho pro céu. O rio era o céu, o único que existia.

# 9.
## A rede

Passei a emendar um pôr do sol atrás do outro junto com a Esmê e o Jaime na beira do rio. No último ano da escola eu saía ao meio-dia, a Esmê e o Jaime já não estudavam, tinham terminado os estudos no ano anterior. A Esmê ainda estava decidindo se ia fazer cursinho em Fortaleza pra tentar uma faculdade, a Miriam insistia, sonhava com a filha formada, sentia inveja da Joana toda adiantada estudando em faculdade boa em Fortaleza, mas a Esmê preferia arranjar um trabalho em Miradouro e ir morar com o Jaime. Ele já morava com ela na casa da Miriam, mas eles queriam um lugar só deles.

Eu almoçava na casa da Esmê, esperávamos o Jaime sair do depósito e íamos pro rio, onde passamos todos os fins de tarde daquelas semanas nadando e fumando uns matinhos. Quase nem parava mais em casa quando percebi que meu pai tossia o tempo inteiro. Ainda era o mesmo homem mudo em casa, mas agora emitia sons, pigarreava, soltava uns gemidos. Eu me oferecia pra ajudar de vez em quando, pegar um remédio, um xarope, apenas pra ouvir um não determinado e repetido. Não, não, não. Tudo no meu pai era não.

De manhã, antes de fazer o café, eu ficava na cama ouvindo os sons que meu pai emitia. Aquela tosse sem fim se misturava com o som do carro do leite que passava na rua, depois com a voz do menino que vende dindim, se enroscava no som do aro da bicicleta rodando no calçamento, uma ciranda, ficava bonito. Numa dessas manhãs, percebi que meu pai havia trocado de vez a cadeira pela rede. Já não sentava, ficava deitado o tempo todo, arqueado, envergado, curvado em si mesmo, mastigado pelo que nunca deixou de ser.

No começo eu não pensava que essa doença do meu pai fosse dessas de morrer, até porque meu pai, desde que me lembro dele, já era meio morto e eu não sabia que uma pessoa que não vivia pudesse morrer. Também porque alguém que tem a mãe sumida, que nem lembra mais do rosto, não tem espaço no cérebro pra achar que vai perder o pai, mesmo sendo um como o meu, desses que não fazem falta. Uma mãe que nunca volta ocupa espaço demais, dá ideia demais na cabeça, deixa a pessoa tontinha sem variedade de pensamento, fica tudo repetido e a cabeça até tem mais coisa pra se ocupar, mas acaba voltando pro mesmo canto, aí fica difícil pensar que tem outras coisas pra resolver na vida, mesmo que tenha mesmo, como era o caso do meu pai morrendo a cinco metros de mim.

Eu tinha acabado de cair no sono e acordei desnorteada depois de ouvir um barulho forte vindo do banheiro. Saí tateando o corredor, sem tempo nem pra acender a luz. Na porta do banheiro, vi meu pai caído, senti cheiro de sangue, o vermelho berrando no azulejo, e gritei. Gritei muito alto, alto, socorro, socorro, alguém me ajude, acudam meu pai. O Benício ficou com ódio de mim e eu sei disso porque ele gritou comigo pela primeira vez com uma força que acho que só um dragão tem na boca. Me mandou calar a boca e ir cuidar da minha vida, que ele tinha caído, mas já estava de pé e ia ajeitar o corte na testa. Que ele era farmacêutico — ele não era farmacêutico — e que sabia como fazer essas coisas.

Meu ouvido doía por causa do grito que tenho certeza deu pra ouvir lá no posto, o resto do meu corpo moendo, por saber que de onde saiu aquele grito havia muito mais guardado. Aquele berro de homem doido, parecia preso num hospício, demente, ia além daquele dia, da tentativa de ajudar com o corte na testa. Sai daqui. Sai. Sai daqui. Essas duas palavras guardadas na lonjura do faz muito tempo.

Obedeci. Saí de perto, como ele pediu, deixei meu pai ali sozinho, ele, o sangue dele, o corte na cabeça dele. Mas logo que me virei, minha boca começou a rir sozinha. A imagem do meu pai, enfim, caído, sangrando. Ali, no chão, eu olhando pra ele de cima pela primeira vez. Como era suculenta a imagem daquele homem com o olho baixo de inchaço da pancada. Que riso fácil que saía daqui de dentro. Corri pro quarto pra conter a gargalhada com o travesseiro. O som da risada saiu abafado, meu pai deve ter pensado que era eu chorando por ele. Coitado. Uma pena eu não ter tido coragem de tirar uma fotografia. Queria guardar aquela cena pra sempre, exibir a foto num porta-retrato da sala, fazer um pôster, chamar visitas pra verem. "E este aqui é meu pai, lindo, caído no chão, todo ensanguentado, pertinho de morrer", eu diria às visitas, com um sorriso no rosto, beijando a foto em seguida.

Com a doença do meu pai, passei a ficar mais em casa, senti as paredes escurecendo, o cheiro de sujeira se acumulando na cozinha. A despensa ficando vazia, nenhum xampu ou sabonete no banheiro, e eu usando sabão em barra pra tomar banho. Vi a poeira se acumulando, o cesto de roupa suja se enchendo, o filtro sem água, o mato invadindo o quintal. E percebi o tanto de coisas que antes indicavam que meu pai estava vivo e eu não percebia. Agora que ele estava indo embora, as coisas iam junto com ele: o quintal limpo, o sabão, a comida na despensa, a água no filtro.

Uma coisa que chegou antes do fim do meu pai foi o cheiro de morte nele. Era um homem deitado numa rede, sem banho e sem vontade. O odor que saía de dentro dele tinha um peso que puxava as coisas pra baixo, o teto da nossa casa estava baixando, fazendo pressão na nossa cabeça, como a chegada de uma noite que escurece devagar demais.

A Esmê estava quase sempre em casa comigo, passou a me ajudar com a roupa suja, dava quinze reais pro rapaz limpar o quintal, lavava os banheiros. Não ia muito com a cara do meu pai, não se esforçava pra falar com ele, mas cumprimentava sempre, tentava ver se ele precisava de algo.

— Teu pai vai morrer é de tanta coisa que ele tem guardada, Dora, vai morrer porque nunca te deu amor — ela disse uma vez.

Eu concordava por dentro, em silêncio. Meu pai não valia nada, a Esmê estava certa, mas rebati, com um cinismo que só eu sabia.

— Não é hora pra falar disso, Esmê, não é agora que vamos jogar na cara do meu pai tudo que ele deixou de fazer.

Era a hora, sim, na verdade. Esse era exatamente o momento de mostrar pro meu pai o porquê de ele estar definhando. Mas tem aquele ditado sobre não chutar cachorro morto. Achei melhor frear a Esmê de ir lá dizer umas boas pra ele. Entre a pena e a perversão, por ora, fiquei com a pena.

# 10.
# A reza

Meu pai já era tão daquela rede que comecei a achar bom que ele ficasse ali. Eu entrava e saía de casa achando graça daquele homem grande entortando, virando um S. E me divertia vendo-o gemer e eu querendo saber onde estava doendo pra rezar uma novena pedindo que doesse mais, que doesse até o fim. De vez em quando espiava mais de perto, quando ele dormia de boca aberta, e a baba fedida escorrendo, e reparei que o que estava ruim não ia melhorar tão cedo, o homem estava acabado num azedume, o corpo cheirando a peido velho, as caixas de remédio ainda fechadas no banco ao lado.

Será que meu pai já foi bebê algum dia? Sei que todo mundo já foi, mas vendo-o assim, em estado de decomposição, eu me sentia no direito de contestar a biologia. Imagine o Benício bebê. Pequenino, olhando pra mãe com a boca grudada no peito, entendendo o mundo a partir dali. Imagine o Benício-bebê chorando de fome, de sede, de saudade, engatinhando, fazendo coisas fofas que os bebês fazem, dizendo as primeiras palavras que ninguém entenderia e acharia lindo igual. O Benício-menino, em casa, jogando futebol, brincando com os amigos da rua, talvez dando e recebendo abraços desajeitados e honestos. Imagine o Benício-rapaz se apaixonando na escola, o coração descendo pelo umbigo toda vez que a menina olhava pra ele e sorria. O Benício cheio de esperança descobrindo o amor, se é que descobriu um dia. As namoradas. O corpo. A felicidade. A invencibilidade de ser jovem e homem. Imagine o

Benício caindo de quatro pela minha mãe. Tão louco de amor por alguém que aguentou o que jamais aguentaria, que aceitou o que jurou diante da própria macheza que ninguém faria com ele: ser feito de besta, de capacho, de tapete pra minha mãe pisar com o sapato sujo de estrume. Será que um dia o Benício pensou que a vida seria boa, que ele não acabaria assim, fedido e no escuro, doente numa rede, sendo comido pelos vermes?

Espiava pela beirada da parede e não via o Benício-bebê, nem menino, nem garoto, nem sinal de miudeza, por mais que fizesse força. Só lembro dele assim. Sentia a tripa contorcida diante desse homem que já nasceu feito viga, todo duro, nasceu o primata que nunca esteve aqui, só me deu comida e casa, como se desse pra viver só com isso. Desse tamanho, tão grande e teso que poderia ser o muro de um prédio. Nasceu assim. Nunca me olhou no olho, nem sei que cor de olho tem e agora também nem quero saber, pode mudar de cor dez vezes e eu não me importo. Eu via a rede, ouvia a respiração pesada e me decepcionava com o anjo da morte que não vinha fazer uma visita, que coisa custosa.

Morre, morre, morre.

Que diferença fazia estar ali, que serventia tinha, que encosto, que lixo, que traste, que agonia.

Morre, morre, morre.

E ele vai embora, como vai ser? Vai levar mais o que de mim? Aliás, o que tenho em mim que é dele? Espero que nada, que nem DNA eu tenha, que eu seja filha de um micróbio, ou de outro homem, quer dizer, de outros, que mais cem tenham passado pela minha mãe pra eu ter cem chances ou ter sido formada por cem cromossomos diferentes e um dia eu descubra que tenho outro pai, ou outros, dezenas.

Morre, morre, morre.

A Inês vinha em casa todo dia. Trazia comida, limpava a cozinha, tentava fazer meu pai caminhar, sem sucesso. Fazia panelas cheias de sopa, carne, feijão e deixava tudo na geladeira. Um dia, pediu a senha do cartão do meu pai; ele, pra minha surpresa, deu muito prontamente. A Inês tinha um acesso ao meu pai que mais ninguém tinha. Não era uma estranha pra ele como eu era. Com o cartão em mãos, a Inês foi ao banco na rua, tirou dinheiro, comprou comida, encheu a despensa, mandou consertar a lâmpada do banheiro, que estava queimada. O Chico pegou uns matos no quintal e deixava bacias com água fervente e cheiro de eucalipto bem do lado da rede dele. Fazia umas rezas contrárias às minhas, fazia pedidos às almas do bem, benzia, soprava uns credos e ave-marias. Por fim, já na casa do sem-jeito, chamou um médico.

— Você tem que reagir, Benício.

Mas o Benício não reagiu, graças a Deus.

Começou a ficar feio de verdade, mais feio ainda, quando deu pra despontar umas manchas do tipo impingem na pele. Coisa horrenda. Primeiro uma daquelas na parte de cima da mão, era uma ferida redonda, mas oca, sem preenchimento, uma linha circular que parecia fritar a pele dele, formava umas bolhinhas tão pequenas quanto medonhas, parecia viva, parecia respirar, umas bolhas assim que faziam o movimento do peito respirando, inchavam e desinchavam a cada segundo. Era uma ferida alienígena, eu tinha certeza.

No dia em que o médico chegou, batendo na porta da frente, meu pai encontrou forças nem sei de onde pra se arrastar depressa pro quarto, parecia uma lagartixa, se trancou lá, disse que passava muito bem e que fossem todos à merda.

O dr. Eliaquim, da farmácia que meu pai trabalhava, também veio outro dia. Examinou as feridas, a contragosto do meu pai, fez cara de quem se deparou com o rosto do diabo, balançou a cabeça e sentenciou: nunca vi nada assim. Chamou um médico amigo dele, o médico teve que vir quando meu pai estava dormindo, apagado, do contrário não teria passado nem da porta. Veio de Fortaleza porque ficou curioso quando o dr. Eliaquim disse que era coisa de não existir igual na medicina. O médico de Fortaleza abismado e encantado, com medo e deslumbrado, disse que tinha que tirar uma foto pra mandar pra um médico de São Paulo, outro dos Estados Unidos e mais um na Europa, todos queriam ver a ferida, meu pai era um ET.

Foi quando o dr. Eliaquim ameaçou enfiar o Benício numa ambulância à força, meu pai, com dois olhos cor de fogo, falou pra ele com a boca só meio aberta, mas as palavras bem pronunciadas tipo professor de português.

— Se você tocar em mim mais uma vez, Eliaquim, eu te mato. E se você trouxer mais um médico aqui, eu mato tua mulher junto.

Eu ria porque meu pai não ia matar ninguém, gostava de falar essas coisas, de engrossar a voz pra parecer homem, mas que nada, matava nada. Mesmo assim, ficou resolvido com apenas duas frases que a gente ia deixar meu pai morrer. O dr. Eliaquim desistiu e tem umas coisas da honra do homem que é respeitar a vontade do outro homem, até a de morrer.

Naquele mesmo dia que meu pai ameaçou o Eliaquim, chamei o Chico num canto.

— Meu pai quer mesmo morrer, Chico?

— Dorinha, a gente não pode parar o destino de ninguém, nem as coisas que já escreveram na pedra vão deixar de acontecer. Não tem santo nem medicina que tire teu pai de onde ele está. O Benício é dono da própria vida e a gente sofre porque quer se apoderar da vida de quem a gente gosta. Pare de sofrer, seu pai fez da vida o que bem quis, a tua tá começando agora, Dorinha. Vá você fazer da tua o que bem quiser, deixa teu pai ir, já tá perto de acabar.

Acontece que eu não podia explicar pro Chico, sem parecer um demônio, que eu não me importava que meu pai morresse ali mesmo, naquela hora. Eu sofria era por tudo que ele levaria junto e que eu nunca mais teria chance de saber. Que se dane ele cair durinho ali na sala e enterrem os restos do corpo na cova mais barata do cemitério, a mesma que já enterraram duzentas pessoas, e pode se misturar até com os ossos de mais gente, nem ligo, que joguem o corpo no mato e deixem os urubus enjeitarem ou fazerem a farra, vou ficar só de longe vendo. Ele não podia era ir embora sem me pagar o que devia.

Também preferi não contar pro Chico naquela hora — coisa que ele entendeu mais tarde — que, contrariando as suspeitas, minha reza era mais forte do que a dele, que a reza da praga é mais ligeira que a da bonança e a vela da morte que eu acendi acabou tendo mais serventia.

## II.
# As histórias

Ao ver meu pai respirando com o peso de um peito fechado, guardando as doenças tudo do lado de dentro, lembrei de quando a Esmê e eu éramos crianças e, uma vez por mês, íamos com a Miriam e a Inês ao supermercado grande, assim mesmo, com super e grande juntos, fazer as compras mais importantes do mês. Ficava a uma hora de carro, pegávamos carona com o pai do Douglas, que ia semanalmente comprar suprimentos pra bodega. Toda semana ele dava carona pra alguém nas suas idas, no primeiro sábado de cada mês era nossa vez, a da minha família entre aspas. Era um mercado onde se podia comprar em maiores quantidades por um preço menor do que em Miradouro, por isso essa programação mensal, planejada por horas pra não faltar nada nem sobrar demais. Uma manhã que exigia cálculos e métodos próprios.

A Miriam fazia as compras da casa dela, a Inês as da dela e eu não precisava fazer nada, só acompanhar, porque meu pai providenciava tudo pra casa, nunca deixou faltar nada, nem mesmo pó de café, que é uma coisa que costuma acabar sem que as pessoas percebam e daí é um corre ali na esquina pra comprar. Ou papel higiênico, que também é chato quando acaba no meio da ocupação. Eu sei porque quase nunca tinha na escola, vez ou outra faltava na casa da Esmê e ela corria pra comprar no Douglas antes mesmo de eu terminar o que estava fazendo, mas lá em casa nunca faltou.

O programa durava horas e dava tempo de sobra pra Esmê e eu sentirmos os cheiros de todos os perfumes das prateleiras até ficarmos com o estômago enjoado. Ou abrirmos um pacote de Cheetos, coisa que era melhor fazer no supermercado grande porque no Douglas o Cheetos é caro, vende tudo superfaturado aquele mercenário.

Naquele sábado, não sei se porque a Páscoa se aproximava, mas ouvi a Inês e a Miriam cumprimentarem mais gente de Miradouro pelos corredores do supermercado. Ouvi um "oi, Cláudia", que, supus, era a mãe da Jessyane e do Uelinton, um menino que tinha uma voz tão desengonçada quanto o nome. Também ouvi um "seu Pedro, como vai? A dona Irene está trabalhando no posto ainda, nunca mais a vi?". Lembrei que aqueles eram os nomes dos pais da Marina, uma menina sabida que cheirava a Minancora e tomava leite de magnésia no intervalo da escola. E assim, mais nomes surgiram das prateleiras: "Oi, Maria João", "Tudo bom, Donana?", "Carline, que crescida, cadê tua tia?".

Quando vi que o supermercado grande tinha virado uma reunião de moradores de Miradouro, corri com a Esmê pra pegar um carro de compras. Ela perguntou pra quê e eu disse que ela apenas andasse logo, o mais rápido possível. Arrastando o carro pelo piso liso, fui conduzindo a Esmê comigo pela parte das frutas.

— Esmê, vamos escolher melão, laranja, melancia, banana e maçã porque meu pai adora fazer salada de frutas. Vamos pegar leite condensado também — eu dizia, falando alto, mas não muito, alto sim, mas de um jeito de gente normal, todo mundo fala daquele jeito.

O carrinho se enchendo de fruta.

— Agora vamos no corredor de linguiças e carnes e vamos levar um frango grande porque meu pai vai assar no forno, com muitos temperos, e vai desossar antes de eu comer, pra não ter perigo de eu me engasgar, como ele sempre faz.

O frango parado, morto, descolorido, com as pernas espaçadas e um buraco no meio.

— Vamos pegar espetos pra enfiar na carne porque vou convidar nossos amigos da escola e meu pai vai fazer um churrasco pra gente no quintal. E vai comprar uma piscina de plástico, vamos ser quinze pessoas no total, só os mais próximos e as melhores amigas.

E lá íamos, a Esmê e eu, pegando os espetos, dando vida nos corredores do mercado a um pai que fazia churrasco pros amigos da escola. Se eu olhasse pra frente, vinha direitinho minha imagem sorrindo no quintal cheio de gente e meu pai assando a carne.

— Esmê, a gente não pode esquecer a loção de barbear porque meu pai adora ficar cheiroso e ele apara a barba todos os dias, e às vezes ele me deixa brincar com a espuma de barbear enquanto escovo os dentes ao lado dele na pia. Adoro o cheiro fresco de aloe vera que meu pai tem de manhã. Ah! Precisamos de canetinhas e um caderno novo porque meu pai disse ontem, quando me ajudava a fazer as tarefas da escola, que eu preciso de canetas e cadernos novos.

Passamos um tempo tão feliz ali, a Esmezinha e eu, pra cima e pra baixo, vai e vem, ô coisa boa, transitando entre os corredores, até que uma hora ela falou:

— Dora, não tem mais ninguém de Miradouro aqui, já foi todo mundo embora.

— Mas ainda tem muita gente no supermercado, Esmê. Agora vamos pegar as coisas pra minha mãe. Temos que começar pelos ovos porque ela adora fazer ovos mexidos de manhã pra mim e pro meu pai. O hidratante tem que ser daquela marca que ela quer porque esse é sempre o cheiro dela de manhã e antes de deitar, quando ela vem me dar um beijinho todas as noites e ler o livro que está ao lado da minha cama. Esmê, vamos encher o carrinho com as revistas de novelas e roupas porque minha mãe gosta muito de saber o que vai acontecer na novela das seis, das sete e das nove, e também gosta de fazer vestidos das atrizes pra nós duas com o mesmo tecido. E sempre nos abraçamos muito quando ela vem tirar minhas medidas e me pede pra eu parar quieta e depois se arrepende de brigar comigo e diz que eu sou uma menina adorável, e danada, que me ama muito. Esmê, já pegamos o rum? Minha mãe pediu pra levar porque temos muitas garrafas de Coca-Cola, ela gosta de misturar rum e Coca-Cola quando chama as vizinhas pra beberem com ela em casa. Ela pediu pra eu não esquecer de levar comida pro nosso cachorro, temos que passar nas prateleiras de comidas pra pet antes de irmos pro caixa. O Bidu tá crescendo muito rápido e comendo cada vez mais, tá virando uma bola.

Longos minutos depois, eu tentava não ver o esforço que a Esmê fazia pra empurrar um carrinho que parecia um monte que a escondia do outro lado, quando, por fim, ela me avisou:

— Dora, minha mãe e a Inês estão esperando.

— Então vamos.

— E o que vamos fazer com o carrinho?

Eu parada no meio do supermercado, com tanta fome que fazia um rombo, tão funda que parecia um poço.

— Deixa aí.

# 12.
## A pergunta

Era tanto tormento no corpo, esse que não passava nem quando eu esquecia, que resolvi que eu não ia deixar meu pai ir em paz, sem as histórias que eu precisava saber. Ele era dono da própria vida, sim, que morresse então, mas a vida era minha também. O silêncio do Benício tirava parte do que era meu, e dessa vez eu não ia deixar.

Saí do quarto na manhã seguinte cheia de perguntas e de ar nas narinas. Parei do lado da rede. Não sabia se ele estava dormindo ou só de olho fechado. Só o ouvia respirando contrariado por dentro daquele nariz, avisando que não ia durar muito tempo. Uma ansiedade que me devorava, a começar pelos pés, uma cobra me deixando agonizar, quebrando meus ossos, e depois vinha subindo pelas pernas, pelos joelhos. Um animal me engolindo inteira e me deixando viva, capaz de ainda pensar em todas as respostas que seriam a causa do que eu sentia. Eu tinha muitas perguntas, deveria fazer pelo menos a principal delas. Não podia gastar todas as fichas. Meu pai poderia ficar com raiva, se cansar, começar a tossir ou até mesmo morrer sem aviso só pra me fazer raiva.

Nessa hora, lembrei da Esmê. Era a primeira coisa corajosa que eu faria sem ela. Tudo que me pedia braveza eu só fazia com a Esmê por perto, mas cadê ela ali? Não dava tempo de chamá-la, não dava tempo de a Esmê chegar pra segurar minha mão. Tem resposta que pede urgência, que depende do tempo do agora ou então a resposta muda porque o tempo muda tudo.

Eu queria a resposta de agora. Lembrei da Esmê sentada do meu lado na escola, queria que ela estivesse comigo, amortecendo as pedradas, fazendo a pergunta por mim, esganando meu pai se precisasse, ela ia adorar sufocá-lo com o lençol até ele ficar verdinho e aprender a falar, a Esmê faria de um tudo pra que ele não tivesse escolha a não ser me responder.

As questões vinham às dezenas, cascatas inteiras, mas eu teria que me render a uma delas, deixar que só uma se tornasse livre, ganhasse um som, saísse daqui de dentro pra ir em busca de uma resposta, que poderia não vir. Abri a boca dormente, sem atinar e sem certeza do que eu falaria. Deixei que as palavras saíssem à própria vontade, sem meu comando, sem que eu soubesse como foram parar ali. Se era uma única pergunta, que então fosse a definitiva, a que responderia a todo o resto.

# 13.
## A resposta

Dora, no dia que tua mãe saiu de casa, disse meu pai com uma voz fraca feito passarinho novo, acabou tudo, continuou tudo igual, mas acabou tudo. Não porque eu amava demais tua mãe, não foi por isso. Eu tinha afeição por ela, sim, mas isso é besteira. O que me quebrou em dois foi porque ela fez o que eu queria ter feito. Quem devia ter saído desta casa era eu. Ela sabia que eu ia fazer isso e se adiantou. Tua mãe não tinha medo de nada, Dora, era insolente, uma bela de uma filha da puta, fazia tudo antes de todo mundo. Era doida, destrambelhada, desmiolada.

Foi ela que foi atrás de mim no bar, no dia que a gente se conheceu, se apresentou, oi, eu sou a Isabel, nem quis saber se eu era casado, se eu tava com alguém. Era um domingo de tarde, o bar cheio, tinha um terreno assim com piscina, umas crianças, mas já tava todo mundo bêbado, a mesa cheia, ela veio, vê só, um bocado de homem sentado, ela chega, puxa a cadeira e começa a falar. Ficou saracoteando na minha frente, balançando o rabo, um sorriso safado dos infernos. Eu devia ter visto tudo ali, ela não mentiu pra mim um segundo, entregou tudo no dia que a gente se conheceu. Foi o mesmo que me dizer: sou uma puta desgraçada, vou acabar com tua vida de merda, foge agora, se puder. E eu, cadelo mesmo, um cachorro diante daquela jacaroa, foi naquela hora que eu adoeci, essas feridas aqui espalhadas não são de hoje, nasceram naquele dia ali. Ela que começou a namorar comigo, ela que me pegou pelo braço e me enfiou dentro de casa, que nem era essa ainda.

Era dada com todo mundo, mas não respeitava ninguém, só a Inês e, ainda assim, mais ou menos. Não adiantava eu ter ciúme dela, ela não deixava. E também, verdade seja dita, tua mãe não jogava graça pra cima dos cabras, nem dos bêbados. Se as pessoas olhavam, se os homens achavam que podiam chegar perto, é porque ela parecia um foguete, falava com a boca toda aberta até quando comia, usava roupa toda atarraxada no corpo e ria como se a vida prestasse. Ela que percebeu que eu gostava de ler livros de ciências e tinha notas boas na escola, viu meu diploma de terceiro científico todo surrado e disse pra eu ir trabalhar na farmácia do dr. Eliaquim. Ela ajudava a Inês com os bordados e as costuras, não que precisasse, mas ficava entediada em casa, tinha que fazer coisa qualquer.

A voz do Benício, de fraca, ia ficando forte com o ódio acelerando as palavras todas enferrujadas.

Depois construímos esta casa aqui e eu fiz tudo grande, tudo com espaço pra ver se abarcava tua mãe aqui dentro. Pra ver se ela se aquietava e não precisava lá de fora, se ela se perdia nesses compartimentos. Ela gostava de tudo limpo, tudo brilhando, cheirando a sabão, detergente e amaciante. Passava o dia esfregando, tirando os pretos dos rejuntes do azulejo, deixando os panos de prato todos brancos, como se tivesse saído da loja, tirava mancha de óleo e de colorau, a privada que parece que nunca ninguém cagava. Não admitia um lixo acumulando, nem a grama alta, nem uma linha de poeira nos móveis. Maníaca, era psicopatia isso aí.

Foi quando ela engravidou de ti e até isso parecia que tinha feito sem minha ajuda. Não gostava que eu dengasse a barriga, não quis pensar num nome junto comigo. Só ela falava contigo, só ela passava a mão, só ela se apegou ao volume que tu fazia dentro dela. A única coisa que ela deixava eu fazer era botar as músicas da Amelinha pra tu ouvir. Eu ligava a radiola, já esperando que ela ia se trancar no quarto como fazia toda vida, mas até eu me espantava que ela ficava ali perto até o disco acabar. Era a única hora que tua mãe me deixava pensar que isso aqui podia ser um arremedo de família.

Quando chegou o dia de tu nascer, ela te pariu sem eu precisar mover um dedo, não me deixou chamar ambulância, foi pro quarto, ficou por lá e eu ouvindo os gemidos sem poder chegar perto, até com a tesoura a doida me ameaçou. Quando eu achava que ela não ia dar conta, gritando igualzinho uma porca ali naquele quarto, ela berrou pela Inês, que veio ligeira, parecendo que estava fugindo de briga, e ficaram as duas sozinhas lá dentro, de onde tu saiu já nascida. E já com esse nome. Nem Isadora, nem Doralice, só Dora.

Ela te formou na barriga por nove meses, depois passou mais nove meses contigo no peito, pra cima e pra baixo, sem descanso, até o bico do peito ficar por um fio de couro. Sentava no banco da sorveteria e baixava a alça do vestido, com o bico pra fora grande igual a um dedo apontando na cara das pessoas. Enfiava o bico na tua goela e jogava um olhar de bicho pra qualquer um que pensasse em reclamar. Tô dando de comer à minha filha, porra, ela dizia, pra calar o olho alheio. Tu lá, um bezerro sedento, e eu uma lagarta perto dela, com mais vergonha do que raiva, tão pequeno que até as costas enrolavam.

Olha o que tua mãe queria que eu passasse, menina. Saiu por aquela porta e me deixou contigo miúda aqui. Homem saindo de casa é normal, acostuma. Agora, uma mulher saindo é sem-vergonhice demais, e tua mãe era muito vadia. A sorte é que não sou jumento e espalhei que eu que tinha posto ela pra fora de casa, que não aguentava mais aquela desatinada. Proibi a Inês de falar da tua mãe pra ti, disse a tua tia Miriam que se ela mencionasse o nome da tua mãe na tua frente eu ia quebrar o pescoço dela igual se faz com uma galinha. E foi assim que tu cresceu sem mãe e sem memória pra se apegar. Não dei esse gosto a ela.

Mas eu sempre fui frouxo e tua mãe sabia. Esperou tu fazer dois anos, te pôs pra dormir, deitou do teu lado e, não sei que horas, saiu. Deixou as roupas, os sapatos, deve ter levado pouca coisa, não queria nada daqui, eu vi logo. E eu queimei tudo depois, não queria que tu crescesse com nada dela, nem uma peça de roupa, foto, sapato, enfeite de cabelo, nada, queimei tudo. Menos o bilhete. O bilhete eu deixei porque eu queria me lembrar do ódio, queria renovar o ódio que eu sentia dela todo dia, era essa a reza que eu tinha, sentir raiva dela toda manhã quando acordasse. "Cuida da menina, Benício. Nem pensa em dar a Dora pra minha prima criar, ela já tem a filha dela e tu tem a tua, cuida dela tu. E nem pensa em ir embora daqui, não sai dessa casa, ou eu vou te assombrar aonde tu for."

Pra completar a sacanagem, porque isso é uma coisa que define bem tua mãe, Dora, uma sacana, ela ainda pegou minhas chaves da farmácia e roubou um monte de remédio. Não posso provar que foi ela mesmo, quer dizer, sei que foi, só pode ter sido ela, além de tudo é ladrona. Deve ter roubado os remédios pra vender, se sustentar, ou então só pra usar as drogas e esquecer a mãe de merda que ela foi, te deixando aqui. Quer dizer, nos anos em que ela foi tua mãe, até que não foi tão mãe de merda, vá, cuidava de ti, te dava banho todo dia, te perfumava, fazia tua comida, cheirava teu pescoço. Mas também tinha um olhar distante, te assistia chorar às vezes por meia hora, gostava de te ver sofrer, acho. Depois te abraçava como quem fosse morrer e dizia eu te amo, Dorinha, logo em seguida o olhar se perdia de novo. Estava era alucinando, aquela imbecil. Eu devia ter percebido tudo, as pistas estavam na cara.

Acho que foi a partir daí que tu virou uma criança meio cega, meio surda, meio muda. Teus olhos foram se perdendo e ficando longe, tipo os dela. Eu percebi que tu olhava, mas não via, ou via pouco, ou via às vezes ou só via o que queria. E achei que esse foi um jeito que tua cabeça deu de viver aqui, sabe? Foi Nossa Senhora que te deu esse jeito meio olhando pro lado, Dora, te poupando de ver todo dia eu dando um passo pra mais longe. Agradece.

— O senhor nunca mais viu minha mãe, nunca mais soube dela? — perguntei, sacudindo a cabeça pra ver se ainda estava ali, o resto do corpo era nada, só dormência.

— Não, e nem quero. Se tem um alívio que tua mãe pode me dar, Dora, se ainda cabe alguma coisa de bom ali dentro daquele corpo cheio de verme e lombriga, é que ela me deixe morrer em paz sem ter que ver aquela bocona aberta de novo.

Dezessete dias depois, a morte começou a tomar forma de vez. A Esmê deixou o Jaime na casa deles e veio dormir comigo. Viu, junto de mim, meu pai se decompondo igual pão velho, ficando verde e cinza, e se integrando a tudo que era propriamente imóvel na casa, até parar de respirar. Meu pai se juntou às paredes e às manchas de mofo, era apenas mais uma coisa não viva ali. Minha mãe cumpriu o desejo dele, deixou o Benício morrer sem dar as caras, muito menos mostrar a bocona aberta de novo. Ele, por sua vez, retribuiu pela metade. Obedeceu com louvor parte da ordem do bilhete da minha mãe, viveu e morreu naquela casa, não saiu dali, nem me deu pra alguém criar. Desobedeceu, com igual dedicação, o outro pedaço. Nunca, nem por um único dia, cuidou de mim.

# 14.
## O peito

Meu pai se foi e isso era o que faltava pros meus pés ficarem suspensos, andando no mundo. Mãe eu já não tinha, agora pai também não, por isso eu dava um passo atrás do outro com o chão faltando, cada pé à frente era um risco de eu me espatifar todinha num chão que não existe, uma queda dessas que dura tanto tempo, quem já pulou de prédio alto sabe, cair é rápido mas dá tempo de pensar um monte, não é só se jogar, não, o corpo vai indo, indo, indo e não tem mais volta, o destino está imposto e seu corpo vai ser esmagado por você mesma, é só esperar.

Sobrou espaço ao meu redor naquela casa que parecia o oceano em que eu nadava de noite, sozinha, era cheio de redemoinho, os braços já moles e o peito desistindo de fraqueza e querendo que, finalmente no fundo, nada me trouxesse de volta, torcendo pra ficar ali, rodeada de água, no útero, intocável, era escura e boa a casa, o mar, a barriga da mãe. Sentia tanto frio que passei a dormir com cinco cobertores. Larguei o último ano da escola já quase no fim, não fui fazer as provas, meu dia era em casa, com a TV ligada no mesmo canal, o rádio na mesma estação, sem nem desarmar a rede feridenta, suja de morte, que meu pai deixou. A morte igual a uma moça feliz que gosta do vento, se balançando de um lado pro outro na sala, atiçando as folhas, mexendo as cortinas, soprando no meu ouvido, soletrando meu nome.

O sol batia nas paredes e ia mudando de lugar, a depender da hora, subindo e baixando, entrando cortado na sala, e eu fugindo com medo daquela luz me tocar, nem sei o que podia acontecer se aquele raio pegasse em mim. No quintal, enfiava a mão na areia, deixava as formigas me morderem pra sentir que os bichos queriam alguma coisa de mim, que me percebiam ali e não viravam a cara pra mim, nem faziam cara de nojo como Deus fazia. Esperei vir a cobra, o guabiru, o urso, o tubarão. Esperava o calor escorrer numa sequência de dez gotas pelo pescoço e pelo sovaco, sentia tanta sede e gostava porque a sede era um sentido, sentido é um fato e um fato não é o nada.

Sentei no chão de areia, cercada pelo mato morto do quintal, e pensei que se eu fechasse bem os olhos, com força, sentisse o quente da pálpebra, se eu deitasse na terra pegando fogo e sentisse o calor desidratando meu corpo, me levando um pouco embora, me derretendo devagar, tudo ia sumir, desaparecer junto comigo. Não haveria mais mundo, nem eu, nem mãe, pai, Esmê, barriga, fome. Se eu fechasse os olhos ali, a Esmê poderia chegar, ficar comigo, me fazer companhia e acariciar minha cabeça. De olhos fechados, tudo escuro, minha mãe poderia chegar. E a Esmê. No colo da minha mãe, eu poderia ficar quietinha, sem fazer barulho. Eu poderia segurar a mão da Esmê e sentir o cheiro dela. Sentir o peito da Esmê batendo, ouvir a voz da minha mãe. Dizer mamãe. Eu te amo, Esmê. Eu aqui, sozinha, te amo. Mãe.

Fechei os olhos e entrei na terra, virando lama e sal e lodo, cavei um buraco cheio de pés que me chutavam pro fundo, um sulco na terra feito do meu corpo. Ouvi a Esmê chegar, andando macia igual um anjo. Sentou do meu lado no chão do quintal. Ficou em silêncio enquanto eu dizia, sem força na boca, com o lábio descascado e branco, mamãe, mamãe, mamãe, enquanto eu brigava pelo último pedaço de memória que me sobrou, minha mãe saindo grande pela porta e ficando pequena ao longo da rua. Agora já não sei se aquela era mesmo minha mãe, ou a Miriam, ou uma vendedora de rede. Poderia ser qualquer uma. A Esmê me abraçou, me apertou, segurou minha cabeça, encostou no colo. Cantou Amelinha enquanto eu sentia o volume do peito da Esmê, tão redondo, tão perfeito. Procurei o botão com a mão apressada, pequena, raivosa, desesperada. A Esmê livrou o botão, baixou o sutiã e expôs o bico duro e marrom pra fora, segurando o mamilo com o dedo indicador e o do meio. Eu, com sede, a boca de bicho, de bezerro, de gato, de criança. Entre os braços dela, ninando de um lado pro outro, eu pequena. Com o peito da Esmê na boca, um bode faminto. Mamando. Em paz, amamentada, saciada. Dormi.

## 15.
## A égua

Minha mãe aparecia de vez em quando no muro da igreja. Tinha um buraco que dava pros fundos e eu via o vulto dela no caminho pro mercado. Ela carregando a bolsa pra lá e pra cá. Montava em cima da parede como se fosse um cavalo, uma perna de cada lado, e ria com a cabeça virada pra trás. A boca aberta tipo meu pai falou, mas ele mentiu, deu a entender que ela era bonita, nem achei essas coisas, a roupa tinha cara de loja de atacado e ela era muito mais ossuda, os ombros saltando, cada joelho que era igual tronco de juazeiro. Pelo menos o rosto tinha alguma graça, dava pra perceber pelo vulto.

Na sacola, ela levava remédio que roubava das farmácias nas cidades por onde passava. Fazia uma cara de boazinha, sonsinha, mas os dentes não mentiam, só enganavam quem queria ser enganado. Ela pegava os remédios, escondia no fundo da calcinha com a ajuda dos dedos finos, depois tirava e coloca nos vidros. Pra fazer o que com os remédios? Pois eu vou dizer. O talento dela era reconhecer quem queria morrer. Chegava na praça, no bar, na rua da praia, no mercado central, no puteiro, no banco, no hotel, no motel, na festa, no enterro, na missa, na procissão, na seresta, qualquer lugar, e sabia quem queria morrer, então ia lá e oferecia o fim que a pessoa quisesse pelo que pudesse pagar, mas se pagasse muito podia bem mais. Passava o remedinho com a discrição de quem rouba à luz do dia e assim cessava as angústias, mas essas de precipício mesmo, não chororô molenga que passa com uma semana. Acabava com o problema de uma vez por todas, seja porque a pessoa morria mesmo ou porque aprendia a viver com o remédio alertando que a vida era boa e valia a pena esperar pela próxima dose. Era esse o emprego dela, carteira assinada que era bom não tinha, mas quando ela se mexia no muro, balançando a sacola, eu via as caixas brancas com as tarjas grandes e ela orgulhosa de ser o arcanjo Miguel trazendo as boas novas de paz pros aflitos, menos pra mim. Pra mim não trazia um só remédio, nem de apagar nem de colorir.

Já tinha visto tanta cidade, ela, andando com aqueles cambitos por tantos lugares: Russas, Crato, Jaguaruana, Jijoca, Aracati, Quixadá, Iguatu, Limoeiro, Itapipoca, fora as praias, de ônibus, de moto ou de carroça. Decorava o mapa de cabeça, fazia dinheiro e gastava, com roupa é que não era porque só andava com roupa porca e barata, o pano chinfrim, as costuras saltando, nem pra ir num shopping da cidade comprar vestido e sapato que preste, nem pra pedir uns reparos a Inês na casa vizinha à dela, minha mãe tinha uma casa, mas não queria. Uma casa enorme, espaçosa, cheia de rejunte pra limpar, coisa que ela gostava de fazer, mas não queria mais. Era ajeitada de rosto, mas era cafona, então de nada adiantava. Sabia ganhar dinheiro, mas não sabia ser chique. Sabia decorar os mapas e negociar com as pessoas, com todo mundo, de mendigo a advogado com relógio de ouro, mas era burra, burra, burra. Burra. Safada. Puta barata. Desavergonhada. Desalmada. Filha de seiscentas rolas. Ossuda. Dente de cavalo. Medonha. Alma sebosa. Praga do Egito. Paquita do Tinhoso. Cocô de rato. Cachorra. Pagã. Chupa-cabra. Vagabunda. Chocadeira. Arrombada. Que esse muro caia e esmague tua cabeça bem aqui na minha frente.

# 16.
# O Jaime

O Jaime era o menino que estava sempre ali, em tudo que era contexto. Nasceu e cresceu em Miradouro, era um garoto besta e sem nada de especial como qualquer um de nós naquela cidade. Tinha a vida de quem nasceu homem, cresceu homem, cresceu com homens — o irmão Douglas e o pai — e venerava a figura da mãe, a santa mãe dele que lavava, passava, cozinhava, servia, calada e orgulhosa dos três machos dentro de casa. A vida tinha sido difícil pro Jaime tão poucas vezes que ele nem lembrava quando. Nem pequeno, nem depois de grande, nem agora, o Jaime nunca teve um brilho que atraía os olhos, era meio pálido, inclusive, igual baião de dois feito às pressas.

Mas o tempo vai mudando o olhar da gente. O Jaime não precisava mudar, como não mudou muito de fato, ainda era a mesma pomba sem fel, mas os hormônios chegam e botam um véu no mundo. Resultou que, olhando com boa vontade e um coração generoso, ele era até ajeitadinho. Tinha uns olhos grandes de criança abestalhada, um jeito de menino que foi crescendo. Jogava bola com os rapazes maiores no campo perto do rio, a camiseta foi ficando pequena, os shorts foram colando nas coxas. Ele começou a feder a sovaco pesado e, por isso, passou a tomar mais banhos, escovar os dentes, ajeitar os cabelos, usar camiseta limpa.

Quando começou a se engraçar pra Esmê, olhando pra ela na praça, achei que, por umas duas vezes, ele olhava pra mim também. Mas a Esmê era mais moça, ia pro forró, beijou o

Jaime na boca, deixou que ele pegasse nos peitos dela e nunca mais se largaram, bastou um beijo e os dois peitos da Esmê pra eles se grudarem.

A Esmê achava o Jaime o máximo mas não percebia que quem dava ao Jaime alguma coisa que prestasse era ela. Era estar com a Esmê que tornava o Jaime brilhoso. Era ela o preparo, o sal, a pimenta e o limão que conferiam algum gosto ao homem que um dia ele seria. A Esmê passou a guiar o Jaime num caminho que ele servisse pra alguma coisa e o rapaz foi aprendendo, pegando jeito, porque a Esmê consertava mesmo qualquer coisa, até gente, se impunha e dizia faz isso e faz aquilo, seja isso e seja aquilo, isso sim, isso não, e a pessoa faz. Eu fazia, o Jaime também.

Eles começaram a namorar sem precisar de frase dita em voz alta. Apenas passaram a estar juntos o tempo todo e viramos três. E se de dois você já passa a ser o outro, ver, andar, falar como o outro, imagine de trio. A Esmê, o Jaime e eu nos misturamos de vez, café, almoço, merenda e janta, nunca mais nos separamos.

# 17.
## O quintal

A Esmê havia me convencido a ir passar uns dias com ela e o Jaime na casa pequena que tinham alugado, um pouco mais distante do centro, perto da estrada onde passavam os caminhões e ônibus e carros indo pro litoral.

Na casa nova, alugada com o dinheiro que o Jaime ganhava no depósito de construção e que a Esmê recebia das aulas particulares que dava pros alunos burros das escolas caras, meu quarto ficava colado no deles. Era diferente da minha casa onde os passos pareciam distantes, onde cada alma parecia penada e nenhum respiro se ouvia. Naquele canto da Esmê e do Jaime, dava pra ouvir tudo que era corpo se mexendo, especialmente de noite. Não importava se o Jaime resolvia jantar com a mãe e de lá ia pro forró com o Douglas, chegando quase meia-noite em casa. Noite após noite, e às vezes de dia, era sempre uma sequência de respiração abafada, a Esmê rindo baixinho, mas nem tanto, o Jaime sussurrando, uma voz de cuspe, a cama se mexendo.

Os dois até se deram conta de que não tinha necessidade de deixar a porta fechada e aí que os sons ficaram mais nítidos, como se estivessem nascendo a palmos de mim. Havia um momento repetido, cerca de vinte minutos depois de tudo começar, que a Esmê passava a respirar tão rápido que eu achava que estava prestes a morrer, desconfiava que ela achava bom, mas não dava pra ter certeza. Era quase sincronizado com um barulho de bicho que o Jaime fazia, um grunhido, um demônio saindo do corpo, seguido de um suspiro longo, aliviado e, por fim, o silêncio. A cama de volta ao que era, estátua.

Durante o dia, o Jaime passou a ser mais atencioso, a me ajudar a guardar as louças, ia pro quintal comigo e, enquanto eu estendia a roupa, ele dizia que, se quisesse, poderia até construir prédios. Que era esperto e forte, que sabia fazer a base, levantar as ripas, sabia a geometria dos encaixes dos tijolos, que tinha muito cálculo matemático que ele conhecia de cabeça, que ele não nasceu só pra colocar telha em telhado ou tijolo dentro de caminhão porque aquilo era trabalho que até um bicho-preguiça consegue engendrar, se gabava ele.

Quando a Esmê nos via juntos no quintal ou na cozinha, ela beijava o Jaime e depois me abraçava sem contar o tempo, dizia que tinha sentido saudade, depois puxava o Jaime pro abraço e me puxava mais perto deles e os dois me envolviam assim de um jeito que os cheiros se misturavam. Era bom estar ali, experimentando esse arranjo que a Esmê fez, e eu não tinha do que reclamar porque estava claro que o que nascia de nós três não era um som, um cheiro, uma fala, nem uma luz ali na frente, um sinal, um deus deitado nas nuvens a léguas de distância assistindo pacientemente à miséria do mundo e chamando isso de amor. Não era só uma promessa, o abstrato, primeiro o choro e depois a bênção. Não, ali em casa o que havia era um amor de pegar com as mãos.

E teve aquele dia no quintal, numa dessas tardes que se esticam tanto, que se arrastam numa lentidão até ninguém aguentar mais.

No pedaço de terreno da Esmê e do Jaime, agora meu também, pendia uma parte generosa do pé de manga do vizinho. Era tempo da fruta e o quintal já bafejava aquele cheiro doce e rosado. Nos fins de tarde, o Jaime costumava juntar as mangas que caíam do nosso lado da casa. Fazia suco com algumas, outras levava pro depósito pra comer com os homens depois do almoço. Um dia chegou do trabalho alvoroçado, me deu boa-tarde com a boca só meio aberta e foi direto pro quintal juntar o lixo, recolher as folhas, jogar fora as frutas que os passarinhos deixavam carcomidas pela metade.

Sentada numa cadeira lá fora, eu achava que lia um livro cujo título nem lembrava, fiquei olhando pro Jaime e o método dele de deixar o quintal limpo. Já havia feito aquilo tantas vezes que se movimentava num passo automático e sossegado. Limpar o quintal fazia bem ao Jaime, que ia respirando mais devagar ao ver o resultado do método que desenvolveu: primeiro as frutas boas, depois as frutas comidas, depois as folhas e, por fim, a vassoura de palha pra retirar as miudezas.

Vendo o quintal limpo, eu me intrigava com aquele homem e a eficiência dele, uma certa inteligência inútil de exercer aquela tarefa com esmero, fazia de um jeito que parecia que não havia nada no mundo que ele não pudesse resolver, se limpava o quintal tão bem assim, podia fazer qualquer coisa. Imaginei as casas que ele ajudava a construir, a geometria perfeita dos telhados que ele levantava ou, ainda, o cuidado com que ele empilhava os tijolos no depósito, com aquelas mãos grandes. Mãos grandes o Jaime tinha, apesar de não ser um homem tão alto assim. Meu pai era maior do que ele.

O Jaime andou até o fim do muro, se esticou na ponta dos dedos, ergueu um dos braços o máximo que pôde e tirou do pé uma manga gorda, amarela e quase vermelha.

Sentou numa pedra no fundo do quintal, alheio ao meu olhar de estátua sobre ele, e foi amassando a manga com as mãos pra deixar a fruta ainda mais mole do que aparentava ser. Levou à boca, arrancou um pedaço da casca, abrindo um buraco pra que o suco passasse. O Jaime subia os dedos da base da manga empurrando o suco e eu via o pomo de adão se mexendo pra cima e pra baixo.

Entretido que ele estava, só desviou o olhar rapidamente quando o gato da vizinha apareceu com um passarinho ainda vivo na boca. As asinhas do bicho ali se mexendo, implorando socorro em silêncio e o Jaime feliz o suficiente com a boca açucarada. O gato deixou que o passarinho escapulisse e o coitado, jogado no chão, tinha esperança de sair dali com vida. O Jaime poderia ter ajudado o bichinho, juntado os pedaços, remendado, ter tratado do sangue, da asa ou, ainda, ter livrado o pobre da agonia. Mas permaneceu com os olhos nos bichos, sereno, chupando a manga, enquanto o gato dava conta da tarefa de fazer o passarinho agonizar, expulsando do corpo miúdo da avezinha todo tipo de gosma a que um ser vivo tem direito.

Jaime não moveu um mindinho pra ajudar, inerte como quem sabe que o passarinho era do gato, que o destino era esse, que a natureza tem leis e que a vida envolve horror, e sangue, e ter a cabeça segurada por um fio de pele depois de passar horas na boca de um felino. Sabia disso com a calma de quem assiste a uma ave morrer enquanto come uma manga. A apatia que só pode existir dentro de quem entende e aceita a natureza purinha, ou quem nunca passou perto do medo de ter a cabeça esmagada pra matar fome de bicho. O Jaime era manso, sim, mas também não tinha medo dentro de si, nunca precisou ter, a vida não exigiu nada dele. Então ficaram ali, ele, o gato orgulhoso e o passarinho quase no fim, até que o felino, já cansado e sem criatividade pra mais, parou de se exibir, pendurou seu defunto pela boca e partiu.

Com a manga já magra, o Jaime começou a arrancar as cascas, e quando eu pensei que ele ia jogá-la fora, porque chega, ele meteu tudo na boca e ficou comendo as cascas, fazendo um barulho com textura, croc, croc, croc. Segurava o caroço na mão enquanto uma gota do suco escorria entre os dedos e o Jaime impedia com a língua que a gota escorresse mais. Era fruta, casca, fiapo de manga. Meu olho desidratado sem piscar vendo a boca do Jaime tão cheia de amarelo.

Terminou a manga, jogou o caroço sofrido e esbranquiçado fora, limpou a boca com as costas das mãos, ineficiente. Voltou a ser o franguinho que começou a namorar a Esmê e tinha dois palitos no lugar dos braços. Entendi a caridade da Esmê de pegar aquele homem pra si e fazer dele alguém pra nós duas. Quando passou pela minha cadeira — eu já com os olhos de volta ao livro —, me deu um beijo na bochecha. Eu baixei o rosto, num comando silencioso que ele obedeceu: beijou minha testa, transferindo aquela mistura em mim, a saliva e a frutose dando liga, tudo agora pregado na minha cabeça.

# 18.
## O almoço

Nos dias de semana, o Jaime e a Esmê faziam os barulhos deles de noite, o Jaime saía cedo pro depósito, a Esmê deixava o almoço pronto, eu ajudava com a limpeza, a Esmê saía pra dar aulas e, às vezes, o Jaime vinha pra casa almoçar comigo. Era carinhoso, beijava minha testa, beijava minha bochecha, sentia o cheiro do meu pescoço, elogiava algum detalhe que ninguém mais percebia, como o sinal no meu ombro, a cor dos meus olhos que, dizia ele me enganando, mudava a depender do sol lá fora, também gostava do cheiro do hidratante que eu passava nas mãos. Quando ele chegava perto, eu aproveitava pra perceber que o corpo dele tinha crescido, talvez pelo trabalho no depósito, levantando as madeiras, guardando os tijolos, subindo os sacos de cimento. Não era mais o menino ralo com quem a Esmê e eu tomávamos banho de rio e que mal conseguia ajudar uma de nós duas a dar um salto na água.

— Gostou da minha camisa nova, Dora? — ele perguntou uma vez. Respondi que sim.

— Sente aqui o tecido, como é fresquinho, algodão bom.

Era mesmo. Algodão leve e frio, colado no volume do peito ainda magro, mas forte. Minha mão tremia de tanto querer ficar ali. Deixei meu dedo escorregar pelo espaço de tecido entre os botões e senti a pele do Jaime quente que era um forno. Quando tentei tirar a mão, o Jaime segurou como quem segura uma andorinha e disse: pode deixar, Dora. O peito do Jaime era firme mas macio, ao contrário do peito do meu pai. Tinha as carnes tenras e respirava rápido de alegria, não de ódio. Como seria o peito do Jaime quando ele virasse o Benício? O peito muda quando se tem uma filha? Endurece, vira seca?

Abri dois botões da camisa, pousei minha mão inteira no peito dele e ali toquei, pela primeira vez, a carne nua de alguém que não era eu nem a Esmê.

Naquele fevereiro chovia e estava um calor de fazer inveja ao inferno, um tempo úmido que deixa as paredes ensebadas e a manteiga mole no balcão da cozinha, o Jaime me avisou que ia vir pro almoço. Ele nunca avisava, apenas vinha, mas dessa vez fez questão de me deixar saber. Não sei se era pelo calor que fazia lá fora ou pelo que acontecia com meu sangue antecipando a chegada do Jaime, mas a quentura não me deixava parar quieta. Tomei banho, coloquei um vestido curto e pouco trabalhoso, passei perfume, penteei os cabelos, prendendo-os no topo da cabeça e deixando o pescoço ao alcance. Quando o Jaime chegou, eu tirava o pó da estante da sala enquanto ouvia o disco da Amelinha, o mesmo que meu pai punha pra mim quando eu era bebê.

Ouvi o barulho da chave na porta, vi o Jaime ofegante e com o rosto vermelho de sol, boa tarde, Jaime. Me virei de volta pra estante pra esconder o sorriso já impregnado na minha cara e, atrás de mim, ouvi o volume da voz da Amelinha baixando.

— Boa tarde, Dora — ele respondeu, já perto de mim, e com uma voz diferente, como se anunciasse ser outro.

Tirou o pano empoeirado das minhas mãos, e, calado, beijou meus dedos sujos de pó preto. Ele era desajeitado, não tinha a maciez da Esmê, mas ainda assim fazia meu corpo se juntar a tantas criaturas disformes e desconhecidas pelo mundo, bactéria, vírus, se espalhar invisível.

Jaime me beijou do jeito que eu sabia que ele beijava a Esmê, fazendo o barulho de cuspe, com o peito ofegante, a boca salgada com o gosto do suor e do sujo da estante que ele mesmo tirou dos meus dedos raspando com os dentes, a língua vindo e recuando pra receber a minha, tal e qual a Esmê tinha me dito e tinha feito comigo tantas vezes, porém mais afobado, um calanguinho num muro quente, um cachorrinho sem raça tão animado que emperrava a cabeça na grade do portão e ficava lá, balançando o rabinho e soltando um gemido. Foi fácil começar a amar o Jaime.

Passou a vir pro almoço com mais frequência e eu tratei de aprender a fazer umas comidas que ele gostava, galinha à cabidela que eu morria de nojo, mas por ele eu fazia sem reclamar. A primeira vez que vi o Jaime comendo aquilo, com os dedos sujos, e o cheiro que impregnava na barba, quando vi a boca ensebada e não me contorci de gastura, mas ao invés disso parei pra admirá-lo segurando a coxa da ave, feliz com a coisa mais básica do mundo que é comer quando se está com fome, quando percebi que matar a galinha e deixar os destroços cozinhando no seu próprio sangue deixava o Jaime tão feliz assim, foi quando eu soube que eu ia ficar aqui e ele também. Que ele poderia vir almoçar tantas vezes e eu mataria tantas galinhas pra ele. Adorava o Jaime assim, forte, com o corpo espaçado, a boca cheia de comida, me mostrando esse amor que é um manto cobrindo a gente das vergonhas, matando nossa fome, enchendo nossa barriga.

# 19.
## O trio

Não tinha nada de errado em beijar o Jaime quando ele vinha pro almoço. Nem tinha cara de pecado deixar que ele subisse meu vestido com as mãos ou que beijasse meus peitos. Pelo contrário, era o certo a se fazer, parecia santo, a única lei sobre a Terra, o mandamento singular, escrito numa pedra achada num monte. Capaz até de eu já ter ouvido em alguma missa um padre dizer que tudo bem o Jaime e eu daquele jeito. Fazíamos por obediência. Não precisei dizer nada a Esmê porque ela sabia, e gostava, eu gostava, o Jaime também. Era bom pra todos até que se tornou a única vida que sabíamos viver. De noite, porém, a Esmê era a única que dormia na cama com ele, enquanto pra mim sobravam os ouvidos colados na parede.

Os dois continuavam fazendo barulho no quarto vizinho, com a porta aberta, e eu não perdia nada que vinha de lá. Me encostava na parede, sentia a pele entre minhas pernas marcada a ferro, e tentava decorar tudo que acontecia no outro quarto, todos os sons, os silêncios, as frequências e as pausas, como as vozes começavam baixinhas e iam aumentando em espaços de tempo.

No meio de um desses cálculos, sonhando com essas métricas, ouvi a voz da Esmê, mais terna do que de costume.

— Dora, vem.

Sentei na cama e esperei. O Jaime fechou as cortinas, acendeu a luz fraca do abajur, enquanto a Esmê desabotoava os botões da minha camisa sem qualquer resistência da minha parte.

Havia muita fala e condução, seja da Esmê ou do Jaime: Dora, passa tua perna aqui por cima, Dora, vira o corpo de lado, Dora, põe teu dedo aqui, agora outro, agora abre as pernas, abre a boca, devagar, vira de costas, senta em mim, me beija, balança o quadril, sente meu quadril, me beija, Dora.

Na cama, com a Esmê e o Jaime, descobri muita coisa. Se não fossem eles dois, talvez eu nunca saberia que esse pedacinho da orelha onde se coloca o brinco é bom quando entra na boca de alguém. Que não é nada estranho sentir o hálito quente no ouvido. Que o bico do peito pode sim transitar entre os dentes. Passei a saber, por exemplo, que existia um espacinho entre meus dedos dos pés que serviam pra língua do Jaime brincar. A língua da Esmê, por sua vez, me fez saber que alguma coisa acontece naquela parte da perna atrás do joelho. Minha própria língua soube que, descendo pela barriga, a Esmê tinha um gosto próprio, e que o corpo dela produzia movimentos que eu desconhecia, quem diria, a Esmê, uma pessoa que eu achava conhecer por inteiro.

Eu, obedecendo às instruções feitas aos sussurros, sentia meu corpo inteiro, cada pedaço dele, cada veia, glândula, célula, como parte de algo tão violento e tão feliz que encheria meu pai de vergonha e de raiva e de desprezo e faria minha mãe dar risada igual ela fazia em cima do muro. Movimento após movimento, eu virava cavalo, virava abelha, virava colmeia, cachoeira, areia que se espalha e, no meio de tudo, passei a ter minhas próprias instruções: dança, vive, percebe, suga, sopra, abre as asas, corre, voa.

## 20.
# O banho

Depois das nossas festas na cama, algumas que duravam dias, íamos tomar banho, e essa era a melhor parte. Com o chuveiro ligado, a água escorrendo e o xixi de nós três pintando o piso de amarelo, eu sentia a ternura com que a Esmê e o Jaime me olhavam, gratos porque a Esmê sempre se revirava na cama e gritava de alegria e o Jaime jorrava como quem diz eu te amo. O Jaime ensaboava meus cabelos e a Esmê passava sabonete no meu corpo, e era bom, muito bom, melhor do que a cama. Na verdade, essa era a melhor parte das nossas noites juntos.

O Jaime esfregava meu couro cabeludo com suavidade, como se temesse desmanchá-lo, com a leveza que era dele, que pertencia às pontas dos dedos que ele tinha. A Esmê era generosa com o sabonete, passava bastante pra fazer muita espuma porque ela sabia que eu adorava brincar com aquelas nuvens de sabão, e enquanto eu brincava a Esmê se certificava de que não esquecia de limpar nenhuma das minhas dobrinhas, esfregava meus pés, passava escovinha nas minhas unhas.

Um dia, pedi ao Jaime pra comprar uma bacia grande de lavar roupa, a maior que ele encontrasse. Pedi que enchesse de água morna e o banho seria assim daquela vez, com meu corpo pequeno acocorado dentro da bacia. A Esmê e o Jaime sentaram no banquinho do lado e ligaram o chuveiro enquanto eu jogava a água pro alto, dando risadinhas, e eu via minhas mãozinhas assim tão pequenas e gostava dos meus pezinhos desajeitados dentro da bacia, ignorando a cãibra de estar com a perna toda curvada pra caber na bacia, poderia passar o dia inteiro daquele jeito, nem ligava pras dores.

Era bom o cheiro de lavanda. Depois eu pedia que o Jaime me enxugasse com a toalha, começando pelos meus cabelos, e que a Esmê vestisse minha roupa e escovasse meus dentes e penteasse meus cabelos, tendo o cuidado de retirar todo excesso de água pra evitar um resfriado. Que pingasse duas gotinhas da colônia verde nas minhas bochechas. Que me vestisse um pijama e me levasse pra cama, deixasse uma das luzes do corredor acesa e a porta entreaberta, que dissesse boa-noite, com uma voz muito doce, boa noite, Dorinha, meu amor, durma bem.

# 21.
## O sorriso

Miradouro era sonolenta às vezes. Desde sempre, as mesmas pizzarias que vendiam pastel e hambúrguer cheio de gordura, o mesmo forró às quartas, sextas, sábados, o rio de todos os dias. É verdade que havia conforto em ver sempre os mesmos rostos, em saber que a paisagem não muda e você pode dormir e acordar porque tudo que existia na noite anterior vai continuar ali. Mas tinha dias de dar uma canseira aquele bege. Quando era assim, o Jaime pegava o carro do pai e íamos pra Fortaleza. Às quintas não tinha nada pra fazer em Miradouro, mas em Fortaleza tem caranguejada em tudo que é bar; fora isso, lá tem outras pizzarias com sabores diferentes, enquanto em Miradouro as opções basicamente se limitam a frango e calabresa com catupiry ou sem.

Numa dessas sequências de bocejos, o Jaime inventou que tinha coisas pra resolver na cidade e saímos nós três antes do fim do expediente dele no depósito. No fim da tarde, já estávamos na praia, vendo o pôr do sol do calçadão, os homens correndo, as crianças andando de patins, gente bebendo água de coco. O bar em que a Joana tocava não ficava longe dali, uns vinte minutos e chegaríamos ao Dragão do Mar, onde, no andar de baixo, perto da estátua do Patativa, a Joana cantaria pra entreter as pessoas que comiam croquete, batata frita ou pizza, acompanhada de chopp de vinho.

O lugar estava tão cheio que mal percebemos que o Chico e a Inês tinham chegado também. Não sabia se eles haviam passado o dia na cidade ou se tinham vindo àquela hora só por conta da Joana. Vieram falar com a gente.

— Ô Dorinha, passei na casa de vocês mais cedo pra perguntar se tu queria vir junto hoje, mas não tinha ninguém lá, deu foi certo encontrar vocês aqui.

— Pois é, Inês — a Esmê adiantou —, a gente saiu pouco depois do almoço, a Joana vai cantar hoje?

— Vai, sim, por isso que a gente tá aqui. O Chico ainda não viu ela cantar neste bar novo, o outro que ela ia era num bairro mais afastado, mas este aqui agora é bom, né? É aberto, pertinho da praia, mesmo quem não tá nas mesas pode ouvir a Joana, o Chico tá todo animado. Olha, nós vamos sentar ali na frente, na mesa perto do microfone. Venho falar com vocês quando terminar.

A Joana acenou de longe, pareceu que vinha à nossa mesa, mas ao redor dela juntou gente com camiseta da universidade federal, colegas dela talvez, gente de esquerda, com cabelo no sovaco, que se acha muita merda porque ouve MPB no discman importado, não assiste Globo e vai pra comitê de política, fuma maconha ruim achando bom, e finge que se importa com o mundo na faculdade de ciências sociais. Agora a Joana tinha uma galera pra esbanjar, chegava a Miradouro falando pra Inês coisas de comitê disso e daquilo, direitos humanos, reitoria, calourada, se dava ares de muito importante, mas era tudo uma patacoada, ninguém se interessa de fato por isso, só ela e a gente estranha dela.

O Chico e a Inês se posicionaram como uma cavalaria na mesa diante do que se chamava de palco, mas era só um tapume mal instalado e bambo, imagine se cai. Dois soldados fiéis, cegos e devotos, que não questionam, não pensam, só servem. Prontos pra jurar fidelidade à bandeira, prontos pra guerra, pra morte, como quem nasce pra isso, cuja razão da vida é a majestade ali na frente, como uma existência a serviço de alguém, por amor, por convicção. A Joana era pátria e divindade.

Por isso ela podia ser o que quisesse, incluindo a parte mais difícil que é ser quem se é de verdade. Tinha permissão pra tudo porque era filha, idolatrada, reverenciada enquanto criação. O Chico e a Inês tinham orgulho do que criaram, embora a Joana tenha dado as costas pra viver esse amor todo dia como só os desalmados sabem fazer. Ela e minha mãe, iguaizinhas, vivendo pra lá e pra cá e quem quiser que aceite, quem quiser que goste ou que enfie um prego dentro de uma tomada e morra carbonizado.

A Joana se mexia enquanto cantava e o mexer do corpo da Joana dissipava o ódio que eu tentava manter comigo, ainda que vacilante diante do fascínio que era aquela pessoa ali. Sorri pra ela feito reza, como se mostrar os dentes fosse me perdoe, Joana, me perdoe por te odiar, me perdoe por sentir tanta inveja disso tudo que tu ostenta mais do que cordão de ouro. Me desculpa, Joana, por te amaldiçoar e não suportar as pessoas olhando pra ti e te querendo pra elas, te dando tanto de graça. Por favor, Joana, me perdoa por querer te queimar viva por conta dos que se devotam a ti. Essa devoção que é loucura, delírio e abominação.

Não disse nada disso, jamais diria, eu não suportava a Joana, que era pedante e se achava princesa do mundo desde pequena, tão melhor do que a gente, tão digna de amores, de mais gente rastejando por ela, que foi embora de Miradouro, a audaciosa.

Foi embora pra esfregar isso na nossa cara. E como cantava. A voz da Joana. *"Meu coração explodiu de saudade sob os efeitos da radioatividade, eu fiquei a chorar, a chorar, procurando encontrar, numa explosão nuclear, o meu amor, o meu amor, atômico, platônico."* Não me descia essa Joana, nunca engoli. Mesmo assim, hipnotizada, eu olhava pra ela e sorria, ela era linda, uma passarinha, uma bem-te-vi, uma pintassilga. Bem cuidadinha. Olhava pra ela com um ódio de morte, sem parar de sorrir.

## 22.
# A barriga

Eu sabia que meu corpo não era o mesmo, eu não era burra, sabia bem no que aquela lambança toda noite no quarto da Esmê e do Jaime ia dar. Foi batendo a moleza, um sono que não tinha fim, uma vontade de comer cinco pratos de baião de uma vez misturados com vinagre. Uma dor nos peitos, que já estavam mais redondos, pra alegria do Jaime e da Esmê.

Sem médico, sem teste e sem nada, eu estava deitada na rede, pensando se aquilo que vivia na minha barriga já tinha uma alma ou se alma só se ganha quando se nasce. Se a alma só vem quando a gente sai de dentro da mãe, porque dentro da mãe a alma dela é também a nossa. A Esmê deitou do meu lado, ignorando o desconforto que era duas pessoas numa rede, e começou a acariciar minha barriga. Disse que eu era perfeita, que eu era feito um anjo, que ela me amava, e que se eu quisesse, a gente podia fugir, só nós duas.

— Fugir, Esmê? Fugir por quê?

— Sei lá, Dora, pra criar esse bebê longe daqui, longe de Miradouro. O Jaime vai ficar tão doido quando esse bebê nascer, imagina, tu sabe que menino se apega com o pai, né? O Jaime disse outro dia que queria ter um filho, ele sonha com um menino, que até já tinha feito um pião pra ele. Aí já viu, o menino nasce e fica viciado no pai, parece até coisa de seita. A gente podia ir pra longe, ser uma família fora daqui. Ou se tu preferir vamos só nós duas, pode ser só eu, o menino e tu.

— E como tu sabe que é menino?

— É menino, Dora, eu sei. Cada vez que eu toco tua barriga, eu sei.

— Pois que seja, Esmê, mas vamos ficar e criar o menino aqui. Eu, tu, o Jaime. Vamos ser uma família assim.

— Vamos criar o menino — a Esmê repetiu, pensativa. — Se tu é a mãe e o Jaime é o pai, o que eu sou?

— Pergunta besta, Esmê. Se eu sou a mãe, tu também é, que diferença tem eu e tu, o menino estar na minha barriga e não na tua? O bebê também é teu e do Jaime, porque é assim que ele foi feito. Saiu um pedaço de dentro do Jaime, entrou dentro de mim pra encontrar o outro pedaço, mas a terceira parte foi feita do lado de fora. Tu foi quem juntou nós três. Pro bebê ter sido feito como foi, precisava de tu estar lá também, ou tu esqueceu? É nosso filho, nós somos mães dele.

A Esmê me abraçou como se eu trouxesse uma mensagem divina, como se fosse Gabriel tranquilizando Maria. E dormiu toda desajeitada comigo na rede, sem soltar minha barriga e sem parar de alisar.

Na semana seguinte fomos ao médico, ela, eu e o Jaime, que, como Esmê bem previu, estava virado na loucura pela ideia de ter um filho, de dar um pião pra ele, de brincar com ele, de dar um nome, pôr o sobrenome dele, de batizar na igreja, de ouvir "papai" pela primeira vez. O Jaime começou com uma babação que só os pais têm porque sabem que terão menos trabalho, sobra tempo pra babar à vontade.

O projeto de criança estava bem, o coração batendo feito trote de cavalo, apesar da minha arritmia e da minha falta de ar. Os olhos do Jaime brilhando. Era menino mesmo, achei que o Jaime ia cair no chão, chorou como se fosse só água por dentro, tão comovido, tinha feito um humano pra ser homem com ele. Eu chorei também, em silêncio e abafado, o cuspe feito pedra passando pela garganta. A Esmê dava cada risada que se ouvia da outra rua.

O Jaime começou a trazer presente, comprava tanta tralha, montava o berço, trazia enfeite, brinquedo. Até colocou a foto sem forma, aquelas de ultrassom, num porta-retrato na estante da sala. Eu passava pela sala e via aquele preto que era uma mancha e ficava encarando, tentando entender como aquilo ali ia virar uma pessoa, ia ter sentimento, uma personalidade, vontade, tristeza, medo. Precisava de mim pra tudo e logo, logo ia ser independente e ter as próprias alegrias fora do meu corpo. Iria saber o que é alegria, mesmo se ninguém jamais explicasse, porque tem coisa que tem definição no dicionário, mas nem precisa de nome porque a gente vai aprendendo é nos dias e nas noites.

A Esmê também se virou toda em baba, começou a trazer doce, bolo, carne com macarrão, que eu adorava. Trazia sorvete, me dava óleo de amêndoas, porque a mulher da loja falou que era bom pra evitar as estrias, ela pensava em tudo, eu não me preocupava com nada. Ela mesma passava o óleo na minha barriga, depois dava cinco ou seis beijos, idolatrava essa parte de mim e, às vezes, tão apaixonada que ela era pelo meu útero, pensei que pouco importava que a barriga estava colada no meu corpo. Que a barriga era um corpo acoplado e o que importava era essa fábrica, esse fazer-um-humano, o que valia não era quem fazia, mas o que estava sendo feito.

## 23.
## As mães

Bento chegou numa madrugada e mudou a rotação do mundo, alinhou o que estava errado no planeta, ordenou paz na Terra, que fingiu obedecer. Era uma coisinha assim tão pequena, os olhos tão miúdos, as bochechas vermelhas e sorria como eu só tinha visto sorrir o Jesusinho nos braços da santa no cartão que foi enterrado no paletó do finado Jeremias. Ele entendeu desde cedo que é muito bom ser um bebê e ter tudo sem pedir, ter o cuidado chegando militarizado, exagerado, doentio, virar assunto vinte e quatro horas por dia, sentir que é a razão da vida, tirar a sanidade de alguém, tirar até a pessoa de si mesma porque um bebê mata a mulher degolada, não sobra nada e ela vira mãe. E faz tudo isso caladinho, sem pedir amor e tendo, sem pedir comida e sendo nutrido, sem pedir água e tendo leitinho toda hora.

A Esmê e o Jaime mudaram de feições, viviam com a boca aberta num riso e os olhos esbugalhados, atentos a cada movimento da criança, mesmo as que uma pessoa normal demoraria a perceber. A Esmê diminuiu as aulas particulares, chegava em casa cedo, corria pro quarto do bebê, ficava lá com ele no colo, cantando músicas, inventando nome de bicho, falando com uma voz recém-criada. O Jaime trocava fralda, dava banho, regia uma orquestra que não existia, rodopiava pela Via Láctea, abraçava a Esmê, passava a mão nos meus cabelos, e parava com os olhos cristalizados diante da imagem do filho dormindo, respirando devagar, o peito se mexendo num compasso de bicho miúdo.

Ganhou o nome de Bento, não lembro como foi escolhido, se tinha razão de ser, se era sonho, se li num livro, se uma abelha me soprou ou se vi escrito numa jangada da praia, no dia em que a estrela-do-mar pousou na minha testa. Nasceu e virou Bento, um nome lindo, ganhou uma mãe, duas mães, um pai, carinho e veneração, respirava sem dificuldade, suspirava como quem já sabia a sorte que teve. Teve tudo, tudo, tudo, fácil assim, sem nem pedir, sem nem ter aprendido a rezar.

# 24.
## O cartão

As paredes da casa da Esmê e do Jaime foram virando uma coisa mole, uma massa de modelar. Não pareciam firmes, viviam fora do lugar, se mexiam ao menor sinal de vento. Não eram nada seguras. O meu quarto e do Bento estava cada vez menor e a proximidade dos tijolos abafava o bebê, que chorava muito todas as noites, coitado. O Bento era um bebê tão calminho, tão perfeitinho, imaculado, calado, quieto, mas passou a desandar num choro. Eu mal tinha tempo de tirar ele do berço e já chegava a Esmê, a postos pra ninar o menino, tinha toda paciência, trazia a mamadeira ou punha a boca recém-nascida no meu peito em carne viva, vermelho, os pedaços faltando. Às vezes, eu dormente na cama, ela mesma baixava a alça da minha camisola e punha o bebê do meu lado, se certificando de que ele estava tendo o que precisava. Tudo que ele precisava. Tudo que ele queria. Não podia faltar nada pro bebê. Depois tirava do meu peito, punha pra arrotar, sentava na cadeirinha de pôr pra dormir e adormecia com o bebê nos braços, enquanto eu apagava na cama depois de ter servido meu leite junto com sangue e pus e sei lá mais quantos líquidos pro meu filho. Eu era mãe.

Noutras vezes vinha o Jaime. Pegava o menino que chorava do meu lado, levava pra sala, dava voltas com o Bento pela cozinha, embalando a criança até que aquela pessoinha minúscula e tão carente de cuidados, de atenção, de colo, voltava a dormir, em paz com o cheiro do pai colado nele. Coisa linda é ser um bebê.

Nos espaços curtos de dormir, entre o Jaime acordando, a Esmê colocando a criança no meu peito e o choro do Bento, a casa do meu pai e da minha mãe vinha me chamar pela janela. Volta, Dora. Chamava meu nome, chamava o nome do Bento, volta, Dora. E se exibia pra mim mostrando seus espaços, e sua cozinha grande, e os quartos tipo salão de festa e a limpeza, o cheiro de limpeza em todo lugar. No mesmo compasso, a casa da Esmê e do Jaime diminuía, insolente, se tornando tão pequena que um dia só o corpinho do bebê caberia ali, só o bebezinho. Era melhor ouvir a voz da casa grande. Ceder ao espaço, ao ar passeando entre as janelas, ao conforto de criar um nenê num lugar farto de tamanho.

Foram semanas acordada com a Esmê e o Jaime, todas as noites até eu sentir a fraqueza chegando. Deitada na cama e tão parada que nem os olhos mexiam, sentia tanto calor no rosto com os móveis esquentando, o fogo dessa caldeira derretendo tudo, a casa-lava escorrendo por baixo da porta.

O jeito foi começar a arrumar espaço pra eu me acomodar melhor com o menino mais a Esmê e o Jaime e o menino e o menino, o menino, o menino, o menino. Fui afastando os móveis, jogando tudo fora, roupa, quadro, cama, bicho, calango, aranha-caranguejeira. De repente abria um vão aqui e eu media se cabia meu corpo, se a cova estava boa, às vezes não cabia então tinha que tirar mais coisas. Joga tudo fora. Antes de tentar partir o colchão da Esmê e do Jaime bem no meio com uma faca, vi um envelope no estrado da cama. Documentos da Esmê, diploma da alfabetização, diploma do segundo grau, carteira de vacina rasgada e desbotada, todas as cartas que escrevi em todos os aniversários dela, dizendo o que já era sabido, mil vezes sabido, eu te amo Esmê, eu te amo, tinha uma bula velha de remédio, e o cartão.

O cartão do bolso do finado Jeremias. O cartão com Maria e o Jesusinho.

Não pega, Dora, tá louca, não vou roubar, Deus castiga a gente. Não pode roubar nem de vivo nem de morto, não pode.

As paredes da casa da Esmê recuaram mais um metro pra dentro, a voz da outra casa mais perto, falava mais alto e me empurrava um pouco mais pra fora.

A Esmê sentou na mesa na hora do almoço em que não comi nada e falei.

— Vou passar uns dias na minha casa.

— Qual casa, Dora, como assim? — perguntaram a Esmê e o Jaime, quase ao mesmo tempo.

— Tá pequeno aqui, o quarto tá abafado, faz muito calor nas paredes, eu durmo mal, o Bento dorme mal, a outra casa é maior, vou ficar lá uns dias.

— Então nós vamos com você.

— Não, vocês podem ir lá a hora que quiserem, têm a chave, sabem como entrar. Mas eu vou sozinha. É a casa do meu pai e da minha mãe, preciso ir com o Bento pra lá. Sozinha, eu e ele. Ter espaço eu e ele.

— Você não pode decidir isso assim, Dora, de uma hora pra outra, e deixar a gente de fora.

— Não vou me mudar pra lá, são só uns dias, é pra arejar, aproveitar pra resolver umas coisas da casa, vão lá quando quiserem. Além do mais, Esmê, eu posso decidir, sim, eu sou a mãe dele, quem decide sou eu.

A última frase desceu com o amargor que eu previa. Abriu um buraco em mim, feriu a Esmê de morte, deixou o Jaime pequeno. E cumpriu seu efeito. Eu era a mãe, era eu quem sabia. No dia seguinte, arrumei minhas coisas e fui com o bebê pra casa porque meu pai e minha mãe me mandaram voltar. Eu só obedeci, como a filha irreprovável que sempre fui.

# 25.
## O grito

O sol nem tinha se levantado e eu já sabia que aquela manhã seria mais quente do que o centro da Terra. Lá fora e dentro da casa o breu acarinhava a cidade inteira, nenhuma luz acesa, vela, lamparina, estrela, tudo apagado. No final da outra rua, a Esmê e o Jaime dormiam exaustos do corpo um do outro na sua casa pequena e calorenta. As moscas dormiam dentro do vidro de salgados na bodega, barriguinhas estufadas. Na casa ao lado, a Inês dormia o sono da bondade, de quem não deve nada aos homens ou a Deus. A Joana, que tinha vindo de Fortaleza pra ficar dois dias, devia estar no quarto ouvindo os discos de dor de cotovelo, bebendo cachaça, maconheira, sozinha ou quem se importa, que faça o que quiser, quem liga para aquela doida. No rio, os homens esperavam a rede se encher de peixe, mas podiam desistir porque o Chico estava em casa.

Ouvi o gemido baixinho do meu filho e levantei pra dar o peito como eu fazia sempre na mesma hora, na mesma cadeira, na mesma posição. Sem a lua no céu, sem o sol despontar, era tudo escuro e eu não acendia nenhuma luz nos cômodos. Éramos só o bebê e eu, nos sabendo pelo toque, pelo cheiro, pelo movimento do meu peito. Eu ali, com ele no colo, decifrando os pedaços de rosto, medindo todos os detalhes da face, a textura dos cílios, as cartilagens, a bochecha com microbolinhas e o lugar mais engraçado, a dobra na parte de trás do pescoço miúdo. Conferia os dedos, recontava um a um, adorava a mãozinha pequena, espalmava minha mão na barriga-bola, que cabia inteira entre meu polegar e meu mindinho.

Esse era o momento que eu decorava quem meu filho era. Enquanto ele estava no meu peito, sem Esmê, sem Inês, sem luz, sem Jaime, sem ruído, eu era sua mãe, apenas sua mãe e nada mais, nada, nada. Era só uma mãe e mais nada. Nada, nada, nada. Desde que eu havia voltado pra casa, a Inês chegava de manhã pra cuidar do bebê, a Esmê vinha à tarde pra ficar com o menino. O Jaime vinha às vezes, se não estava ocupado demais. Trazia brinquedo, punha no braço, dizia que gostava até do cheirinho de cocô, porque até a fraldinha suja era bonitinha e o bebê dele era lindo inteiro assim no diminutivo, nunca tinha ão pra falar dele, um homenzinho, coisa linda, o Jaime adorava. A Esmê babava. A Inês morria de amores. Um bebê é fascínio tipo fogos de artifício, não há quem escape. É uma miudeza, tão carente de tudo, precisa de tudo, que olhem pra ele, que amem, que deem comida, que ensinem tudo, que venerem o bebê.

De madrugada, depois do peito, o Bento dormiu, acomodei-o de volta no berço e fui tomar banho, sentindo o gosto de estar sozinha, lavando o suor, em silêncio e satisfeita. Cheia do poder de estar na casa que agora era só minha, terra boa que deu fruto, com este filho que saiu de mim, que eu fiz, ele só tem uma alma porque eu deixei que tivesse. Eu que dei a vida pra ele. A vida dele só existe porque deixei meu útero a serviço e minhas células e minhas proteínas, e até o ar que eu respirava ou o açúcar que passei a comer em menores quantidades dando lugar ao ferro e aos vegetais. Foi tudo eu que dei.

Quando saí do banheiro do corredor, eu soube. A porta que dava pro quintal estava aberta e havia uma pessoa parada ali. Não vi, mas senti pelo vento da presença que dividia o ar com mais alguém, a densidade de um corpo que não era o meu. Não abri a boca, eu não sabia se a pessoa estava me vendo, se tinha uma arma, se queria roubar a televisão e ir embora. Andei o mais leve que pude, me mexi em completo silêncio, tentando alcançar o quarto do Bento, até que ouvi a porta da rua bater.

Tem quem pense que ela é traiçoeira, chega sem avisar, apunhala por trás. Enganam-se. Ela vem dando aviso, soltando anúncio, rindo com o riso alto que passa pelos pulmões. Quieta, entrando no quarto, não ouvi o silêncio do menino, aquele de quem dorme tranquilo na casa da mãe que o protege. O que havia era o sumiço. Nem um som, nem um gemido. No berço, vi o nada.

Corri até o fundo da casa, abri a porta, quem é, quem tá aí, não tem um som de gente andando, só um barulho de carro longe ali na rua de cima, carro passando essa hora, pra onde, nenhuma folha se mexendo. Não tem bebê chorando, não tem cachorro, galinha, sapo, nenhum bicho, a natureza mortinha, tudo ao redor emudecido e o silêncio arrancando a pele do meu ouvido e eu arrancando minha própria pele com as unhas.

Conferi na despensa, nos armários, na geladeira, no freezer, no forno, dentro dos potes de açúcar e de sal. Dentro da pia, no guarda-roupa, embaixo da pia, no cano do esgoto. Nada.

Passei meu corpo nu pelas paredes da casa, no chão, nos móveis, pensando que minhas mãos não alcançavam meu filho e meus olhos não podiam vê-lo. Nada. Uma sucessão de corvos, um atrás do outro, comendo meu cérebro, destruindo minha cabeça, sugando meu tutano. Farejei todos os cantos da casa repetindo o nome dele, Bento, Bento, negando o escancarado enquanto ela ria, de novo. Rastejei como minhoca, engatinhei como um bebê, lambi a poeira nos móveis, senti o gosto da água parada na descarga do banheiro. Não deixei um único espaço daqueles quartos sem serem tocados, pelas minhas mãos, pelos meus pés, boca, barriga ou cabeça.

Rolei no chão, subi no teto, e eu estava nua, nem me vesti, não tenho mais nenhuma roupa, amanhã vou comprar, quis buscar lá de cima uma pista, o que foi que aconteceu, meu deus? Esperei pelo milagre de, no topo da casa, avistar o bebê passando pela rua, perdido, quase sem mãe. Os órgãos dentro do meu corpo se misturando, trocando de funções, e eu descobrindo, ali e pela primeira vez, o desespero. O véu branco cerrando meus olhos de enfeite. Levaram o menino. Vieram na minha casa e pegaram meu filho.

E a loucura rindo, bonita, atraente, luminosa, cheia de encantos pra mim.

## 26.
# O Jesusinho

A porta batendo três vezes, quatro pernas entrando por dentro da casa, mais quatro pernas correndo de um lado pro outro. Minha voz saindo como um berro de bezerro, um empurrão no meu peito, eu caída no chão. A Esmê com o rosto em brasa. O Jaime branco como o manto de Maria. Cadê o cartão com a santa e o jesusinho? Quem tava aqui? O Chico? A Inês? Cadê a Joana? Ela tava aqui? Um tapa na cara da Joana. Vagabunda, vagabunda. Cadê o menino? Os cabelos da Joana por cima do rosto cor de raiva. O zunido fino no meu ouvido. As bocas se mexendo e eu sem ouvir uma palavra.

A Joana me olhando com o olho parado, a cabeça pendendo pro lado, apesar do corpo dela aos solavancos com a força do Jaime. O pescoço dela indo pra trás e pra frente e os olhos dela colados em mim, sem piscar, sem chorar, sem pupila.

Um sapo com a boca rasgada. Uma borboleta com a barriga exposta num corte voando pela sala, exibindo a massa mole que tinha dentro do corpo de lagarta. A Inês trazendo uma garapa, uma xícara de água e cinco colheres de açúcar, poderia ser mais. O delegado olhando o trinco da porta, as paredes, fumando um cigarro, muita fumaça, dizendo calma, calma.

Fazia muito frio. Meu queixo tremendo, o queixo da Joana tremendo, o da Esmê já roxo. Nós três de novo naquela sala onde fomos meninas um dia, faz tanto tempo e é agora, como iríamos prever? Eu, muda, o punho e os joelhos sem força, sem obedecer. A Esmê tomando água, açúcar, bebendo o próprio choro direto da mangueira do jardim, o Jaime pegando o carro do pai e indo pra estrada. O Chico rezando no quintal numa língua que tinha acabado de inventar, como se tudo se resolvesse com reza, quando na verdade quase nada se resolve. Mas era só o Chico abrir a boca que as árvores ficavam todas fosforescentes, acesas, cheias de cores. Era lindo e era um milagre.

Cadê o menino, Dora? Você viu alguma coisa, Joana? Cadê? O que foi que aconteceu, o que vocês ouviram?

Levaram. Vieram aqui e levaram o menino.

# 27.
## A testemunha

Foi meu pai, delegado. Eu vi. Ele chegou aqui com os olhos de guabiru, farejou a casa sem me olhar, trazia na mão um punhal forjado em anos de ódio, cozido na água em que fervia a ira que ele comia com farinha desde que minha mãe resolveu me pôr no mundo como castigo final pra ele. Ele entrou aqui no escuro, apagou as luzes da cidade com um sopro de enxofre, carregava com ele duas galinhas e uma manta azul cheia de brilho. Eu vi. Dançou na sala como nunca dançou na minha frente. Pôs o menino nos braços e riu, como nunca riu na minha frente. Foi feliz como nunca foi comigo. Beijou o menino com todos os beijos que economizou durante anos e dias e anos e noites e semanas e noites e noites e noites. Beijos que nunca encontraram meu rosto, que jamais alcançaram minha testa, que se perderam na indiferença de um rio parado. Pegou o menino, cobriu no manto azul e saiu. Triunfante e vingado. Eu vi.

Foi minha mãe, delegado. Eu vi. Apareceu aqui com a cara de sonsa, de cínica, o sorriso vadio no canto da boca que só entrega que é rapariga pra quem conhece uma rapariga de verdade. Entrou devagar pela porta, um toque leve como nem as borboletas conseguem, sorrateira como no dia em que foi embora, silenciosa, muda, fria como é o fundo do mar. Desconhecida como é o fundo do mar, aterrorizante como é o fundo do mar. Trouxe com ela dois cavalos-marinhos e uma corda cor de carvão. Amarrou o menino, como fez comigo. Atou o menino no destino de nunca mais conseguir se mexer. De permanecer imóvel até mesmo quando os absurdos desabarem feito cascatas, até mesmo quando todos os vazios unidos formarem essa correnteza que conduz uma vida sem sentido que nem a minha, encharcada de pra quês e porquês. Foi minha mãe, eu vi. Me olhava com olhar de sentença, como deve ter olhado no dia em que decidiu sair por aquela porta sem olhar pra trás, sem vacilar, sem tremer um tiquinho que fosse, o coração sem palpitar, forte como qualquer certeza. Eu vi.

Delegado, acredite, foi a Esmê, eu vi. O cheiro dela, o corpo dela, a forma dela. Conheço como nem conheço a mim mesma. Pressinto e vejo ainda que me vendem os olhos e tampem os ouvidos, ainda que me tirem a pele e deem meu coração pra um cacho de marimbondo. Ainda que a Esmê desapareça e fique invisível ou morra ou coisa pior. Eu sempre vou saber que é ela, quando é ela, se ela vem ou vai. Se mexe pra direita ou pra esquerda, se o olho pisca. Sempre vou saber se o intestino dela está fazendo a digestão, se o coração amansou quando dá a hora do sono, se o rim filtra o sangue como se deve, se as articulações atendem aos comandos. Foi a Esmê. Ela me deu tudo, alguma coisa tinha que vir cobrar. Chamou o Jaime pra ajudar, ele entrou aqui com a boca de gato aberta e setenta e dois dentes, abocanhou o menino e levou felino pros braços da Esmê e foi quando o menino acalmou. Meu menino-Jesusinho, igual ao do cartão no bolso do finado Jeremias, ele nos braços da santinha, gordo e feliz e cheio de luz em volta. Com cara de mamãe eu te amo, mamãe, mamãe. O Jaime raposa ao lado da Esmê santa. Saíram por aquela porta, caminharam a rua toda deixando pra trás só o rastro do meu grito. Eu vi.

Foi a Inês, delegado. Ela levou o menino, achou que ele estava estragado, que precisa de remendo, levou pra ser costurado. Depois chegou o Chico, fez promessa de que levaria um menino se o boto nunca mais deixasse faltar peixe na rede de nenhum pescador no mundo, o boto ia ter que viajar da Patagônia até o outro lado tangendo peixe e o menino nadando com ele cheio de escama. A Joana ajudou a carregar, alimentou o bebê com a mama que não existia ainda e dela jorrava leite, o menino olhando pra ela com aquela cara linda de mulher feita, o menino enfeitiçado pela beleza da Joana chegava a balançar os bracinhos pitocos. Eu vi os dois saindo daqui e entrando no quintal, dando um chazinho pro menino se acalmar e dormir. Se acalmou pra sempre, nunca mais chorou, virou um bebê só feliz. Pode ir procurar no quintal, delegado, vai, pode ir. O bebê está lá em cima do pé de manga. Ele e os macacos, ele e as orcas, ele e as abelhas. Foram eles, delegado: a Inês, o Chico e a Joana. Escreva aí. Eu vi tudinho.

# 28.
## O inferno

Neste quarto onde estou sozinha e tenho muitos comigo, ouvi o diabo chegar numa cavalaria pacífica. Escutei, ao longe, o trote que atravessava o sertão, desviava do mar, se banhava na chuva e se aproximava. O diabo caminhou do meu lado, os passos macios ao redor da minha cabeça, falou com voz de harpa azul sobre a bondade. Rememorou, sussurrando e com pausas delicadas, todas as vezes que fui boa, calada, serva, abnegada.

Deus veio em seguida, como um cachorro. Eu ouvia o rosnar, o som abafado, quente e repetitivo que fazia ao me cheirar, o som áspero da língua medonha lambendo meus joelhos, minhas feridas, joelhos sangrentos que me fizeram rezar tantas vezes pro deus que agora estava ali, vivinho e de quatro patas na minha frente. Os barulhos das patas pesadas andando ao meu redor, misturados com uma voz de espada dizendo que melhor seria se eu fosse má. Que mais valia viver uma vida inteira perversa, satisfazer as vontades, até as mais primitivas, as mais selvagens, as mais vergonhosas, e se arrepender no último minuto. Uma confissão e um arrependimento garantiam a passagem pro céu, tal e qual o ladrão ao lado de Cristo na cruz. Era mau, virou bom na morte, reconheceu Jesus e sentou ao seu lado no paraíso, no mesmo dia. "Hoje mesmo."

Levantei da cama, abri a janela, senti o vento frio que pertence apenas às madrugadas. Bebi o chá que esperava paciente ao lado da cama. O lençol cheirando a pesadelo. O quarto calmo como uma rede de varanda e lá fora as mesmas árvores, a mesma rua, tudo igualzinho ao que eu lembrava e sabia.

O diabo, candidamente montado no seu cavalo manso, seguia com as palavras de bondade, de caridade, de devoção. Me disse, com voz amável como voz de avô, que tinha em sua companhia no inferno muita gente distinta e que o inferno era bom, que lá estavam pais benignos, mães devotas, filhos obedientes, todos cristãos. Veneraram Cristo e Nossa Senhora a vida inteira e hoje estão ardendo na grande fogueira. No começo, ficavam decepcionados por não estarem como o ladrão, sentado ao lado de Cristo, mas logo se acostumavam, o inferno era grande, maior do que o céu, porque os bons são muitos, um sem-fim de bons.

O chá tinha gosto de azedo, a cortina estava amarelada, as persianas cheias de poeira. Me arrastei até a porta da frente. Fiz o percurso que ia da entrada da casa até a saída de trás. Andei de lá pra cá uma, duas, trinta e cinco vezes. Deixei todas as portas da casa abertas, avisando que podiam me levar também. Venham, venham, estou aqui, podem vir.

No quintal, vestida de luto e ainda assim linda, com uma longa trança enrolada no pescoço, descendo pelo seu peito, eu ouvia a Esmê e ela era duas, ora um grito de horror, ora cantoria. Era minha mãe e era a Joana. Eu sentia ódio da Inês, eu amava a Esmê como se ama o anjo que te guarda. Queria matar essa mulher com minhas próprias mãos e também queria fazê-la renascer, alimentá-la com minhas próprias vitaminas. Matar minha fome com o coração do Jaime, engolir a Esmê numa dentada, encher um pote de cachaça com o sangue da Joana, secar o rio do Chico, queria abençoar a todos com minha maldade. Que fome, que frio, que sede, que gana e que ódio.

# 29.
## A companheira

O que é isso aqui bem no meio da sala? Quem é isso, esse corpo de pé com duas pernas, dois braços, vinte dedos, um tronco e duas cabeças? O que é esse bicho, essa mãe que nunca existiu? Põe a comida no prato como qualquer pessoa, senta no sofá com uma das pernas apoiada no assento, equilibra o prato parte na barriga, parte na perna esquerda, mastiga como alguém comum, parece normal. Dá risada de algo sem graça na TV, me confere com os olhos, olhando de volta pra ela, arredia, no canto da sala, observando de longe, pergunta se não vou comer, faz isso sem nenhum alarde na voz, sem aviso, como se tivesse dito essa frase nas últimas duas décadas, sendo que nunca a ouvi antes. Não há nada nela que denuncie ser uma mãe que não tem filha, não tem uma marca, um aviso, quem vê jamais diria.

Não tem um cartaz dizendo que ninguém se aproxime dessa mulher, que fique longe dela porque ela carrega na bolsa a desgraça das escolhas.

Esse bicho aqui na frente, não tem nada de anormal nele, nada de interessante, nada de carismático ou assustador. Apenas uma mulher mundana, sem nada de especial, se não fossem esses dentes. Não tem quem diga, olhando assim de longe, de perto ou com microscópio, que esse buraco aqui dentro foi ela que começou a cavar.

Foi culpa minha, mãe, achei que meu pai estava me chamando, que tu estava me chamando, que essa casa falava e eu tinha que voltar. Tinha dois olhos esbugalhados colados ali na porta da frente que ficavam me seguindo toda vez que eu passava aqui. Morava um ET aqui dentro e eu via o disco voador estacionado lá fora. Foi besteira ter vindo pra cá sozinha. Só o Bento e eu aqui nesta casa, é claro que coisa ruim ia acontecer, ninguém consegue ver uma mulher quieta que vai lá mexer. Eu fui muito burra e mulher burra tem mais é que se lascar mesmo, ninguém tem nem pena.

Se a Esmê estivesse comigo, ela teria visto quem foi. Se o Jaime estivesse aqui, teria impedido. Eu estaria protegida. E o bebê. Teriam ido atrás, feito uma briga, riscado a faca no chão. Talvez a Esmê fosse mais mãe dele do que eu, ela se achava mais mãe dele do que eu. E não deu certo ter tirado o bebê de perto dela porque eu acho que mesmo no escuro ela não ia deixar ninguém levar o Bento. Tomei tapa na cara, né, mereci. A Esmê cegou as vistas de raiva, encheu minha cara de tapa, mas foi com amor, que eu sei, igual quando ela me ensinou a enxergar as cores que não existem.

Outro dia sonhei com a Esmê e o Jaime, sabia? Sonhei que a gente morava numa casa cor de goiaba, com porta e janela azuis, numa rua bonita e uma cachoeira de peixes no fim. O Chico foi tangendo os peixes até lá, ô, ô, ô, vai, peixe, vai.

Oxe, sai pra lá, Dora, ladainha do caralho, menina. Passou foi dias enfurnada aqui, num disse um ai, saía nem pra cagar, agora taí cheia de conversa. Dobra essa língua, Dora, tô te fazendo um favor de estar aqui. Vim por pena, fiquei com dó de tu sem filho, também fui mãe sem cria, sei como é. A gente quer viver assim, mas tem dia que acorda toda rasgada. Fiquei com pena que levaram teu menino, mas tu num vem abusar, num vem rezar teu rosário de miséria pra cima de mim. Fiz, faria de novo, mas agora eu tô aqui, num tô? Vai ali, levanta as mãos pro céu e agradece que pelo menos a mãe tá aqui. E mãe, Dora, é um troço que até ruim é bom, até se for assombração.

Coisa mais deprimente tu acreditar no amor assim, menina, falar de amor isso e amor aquilo como quem sabe do que tá falando, mas tu sabe é de nada. Um dia tu vai entender que não existe esse amor que tu quer, não, amor é contrato, só dá certo quando os dois ganham. Se um ganha e outro perde, se um dá mais e o outro dá menos, a balança fica bamba, o amor cai no chão. Não tem quem ame sem querer nada em troca, nem pai e mãe, que são os que deveriam, mas isso é lenda, coisa de livro. Mãe ama porque não tem outro jeito, sabe?, beco sem saída, endoidece pelo filho porque não quer que dê errado. Se o filho não presta, fica com medo que o atestado de ruindade caia no colo dela. Por isso mãe é devota, porque é vaidosa. Pai também. Então o bebê sai da barriga e o pai já imagina que vai criar a pessoa pra ser só alegria. É igualzinho a Deus, que criou o homem pra adorá-Lo. Deus ama o mundo, ama o homem, daí um dia tira tudo que o homem tem, porque, né, Ele que deu, se vê no direito de tirar e o homem não pode amar mais nada, só Ele. Feito Jó, coitado. Deus brincou de destino com o homem, mãe e pai brincam de destino com o filho, igualzinho, Dora, igualzinho. Todo amor é condição, menina. Se a gente não cumpre a condição, o amor vai embora. E manda a conta pra gente pagar.

Era ela mesmo. Falava de ódio, de olhos na porta, de deus e do amor, de conta pra pagar, e de tudo que não sabe. Era a mulher que meu pai mostrou naquela tarde, contando as histórias. A mãe que jamais se rendeu. A que meteu o dedo na cara da cidade e saiu com o queixo mais pra cima do que quando entrou. Minha mãe era o capeta, mas estava ali. E por mim estava bom. Deus criou o mundo inteiro em seis dias, então no sétimo já sabia da presepada, já via o futuro, sabia que ia dar tudo errado, que o mundo era ruim e o homem pior. Mesmo assim olhou tudinho lá de cima e achou bom, tão bom que descansou.

## 30.
## A cuidadora

A qualquer hora, não havia como saber se era dia ou noite, se estava sol lá fora, se o barulho que eu ouvia era chuva ou deus apedrejando minha casa por ter sido uma mãe que não morre quando o filho some. A única coisa certa era quando a Inês chegava. Eu ouvia o barulho da chave girando, as janelas da sala se abrindo, a boca do fogão acendendo, o cheiro de sabão das roupas estendidas no quintal. A Inês vinha todo dia, sem faltar um, deixava sopa na minha porta, um copo d'água, um chá ruim, dava duas batidas na madeira pra avisar que tinha comida, que tinha água. Eu passava dias sem me levantar pra pegar o prato e, quando fazia, garantia que a Inês tinha ido embora, que a porta havia sido fechada outra vez. A sopa ficava lá, enchia de formiga ou o cachorro de oito patas vinha lamber.

O delegado veio umas duas ou não sei quantas vezes. Chamava, cansava, ia lá na casa da Inês. Voltava outro dia, batia na porta, cansava, ia lá na Inês. Eu ia dar um jeito de abrir a porta no dia que ele viesse com meu filho nos braços. Se fosse pra ver aquela cara de capacho e aquela boca sebosa de cuspe falando "estamos fazendo tudo que podemos pra achar o menino, Dorinha", aí podia esquecer. Nem pra me chamar de dona Dora aquele macho servia. Uma cidade daquele tamanho, gente sendo esfaqueada dentro da igreja por causa de jogo do bicho, mulher incendiando casa porque tocou fogo nas roupas do ex-marido por causa de chifre, um menino que sumiu era coisa que ninguém tinha nem tempo pra resolver. E parece que ninguém se importa, que criança sumir é tipo pegar sarampo, acontece toda hora, eu mesma via foto dos pequenos desaparecidos nas lanchonetes, nos ônibus em Fortaleza, nas lotéricas, nas novelas, nos filmes, no jornal, procura-se pra todo lado, criança sumida é coisa mais normal do mundo, parece que nem faz falta. As fotinhos dos meninos sumidos vão se amontoando e ninguém liga porque uma criança parada parece um boneco, nem gente é, então bem que pode ser um brinquedo, as pessoas sempre têm dúvida se criança entra na categoria pessoa.

Não sei contar quantos dias fiquei fechada ali porque se tem um motivo que uma mãe pode enlouquecer sem peso na consciência é quando perde um filho. E eu virei a doida. Aquela de quem as pessoas comentam na bodega, no cabeleireiro, na missa. Fazem o sinal da cruz diante da imagem do menino Jesus e dizem: coitada, ficou doida. Pois que eu fique doida mesmo, não vou pedir desculpa por perder o juízo, nem me fazer de sã. Com muita pena, fui até a janela, um dia, e vi três colibris e duas onças-pintadas dependurados nos galhos. Minha mãe estava com um rosto diferente desde a última vez. Às vezes eu ouvia minha mãe e a Inês conversando e limpando a casa, dando risada, riam tanto da morte do meu pai, eu ria também, tantos dias trancada no quarto e rindo, que miséria de homem, ria, ria, ria, eu ria tanto, junto com minha mãe mais a Inês e o cheirinho de sabão.

Consegui até sentir meu fedor, e como eu fedia. Os buracos do nariz ardendo com a inhaca, pegando fogo com aquela catinga de rato podre saindo de debaixo do meu braço, o cabelo colado na cabeça, a bunda que eu não limpava, os olhos pregados de remela, o cuspe grosso e a boca branca e craquelada de tanto bafo. A sujeira pesou quinze quilos, e eu tinha que ficar carregando esse peso de um lado pro outro. E rindo.

Um dia esperei a Inês ir embora, ouvi a chave girar duas vezes na porta da frente e saí do quarto pela primeira vez em quantos dias, eu não sei. Meu fedor até estranhou a casa tão limpa, as janelas sem um grão de poeira, o chão que chegava a brilhar, a roupa dobrada em cima da mesa da cozinha, as panelas todas areadas com a cor de prata tinindo. A grama baixa no quintal, água gelada na geladeira, banana, maçã, queijo, ovo, galinha cozida guardada num pote de conjunto combinando. Uma peça de renda em cima da mesa. O banheiro com sabonete novo, toalha cheirando a amaciante, a privada tão branca que dava pra beber a água direto dela. A paciência, o cuidado e talvez até o amor da Inês carimbados em cada pedaço imaculado daquela casa.

Tomei banho, vesti uma roupa lavada, amarrei a manta do bebê em cima dos ombros, passei o perfuminho verde dele, penteei os cabelos com a escova macia, tudo num movimento tão lento que levei quase a tarde toda. Comi um pedaço de frango, talvez até estivesse cozido, escovei os dentes três vezes, bebi água gelada lembrando de como era. Fiz café, esquentei o leite, bebi direto da leiteira quente sem me importar com a boca pelando, calcei os chinelos. Fiquei parada na porta que dava pra rua o tempo que dura pro sol esfriar. O coração batendo feito paulada na cabeça. Era a primeira vez que eu ia abrir a porta da rua em plena luz do dia, ver alguém, quem sabe até cruzar com a pessoa que roubou meu filho, que podia ser qualquer um. O ladrão de menino rindo por dentro enquanto eu agora era a louca que teve o filho roubado. "Fulano, onde é tua casa?", "É ali, na rua da bodega do Douglas, passa o posto, anda duas quadras, daí tu vai ver a casa da doida de quem roubaram o filho e vai reto".

Abri a porta, o sol na minha cara como um açoite, e já virei direto pra ir ver a Inês, agradecer ao menos pelos dias que ela cuidou da casa e me deu comida, como um sacerdote.

A Inês ficou feliz de me ver, me abraçou com tanta pena nos olhos, mas repetindo que Deus era justo e que a gente ia achar o menino. Era a Inês falar da justiça de deus pra eu querer dar uma risada fina e voltar direto para aquele quarto e nunca mais sair. O mau gosto dessa piada.

Enquanto ela passava o café, perguntei.

— Tu teve notícia da Esmê, Inês? Ela veio aqui?

— Ela vem aqui todo dia, Dora. Pergunta de ti, se tu saiu do quarto, chora, pergunta se tu tá comendo, tá magoada, mas sente tua falta, tu sabe que sim.

— Que que ela diz, Inês?

— Deixa isso pra lá, Dora, que serventia isso tem?

— Inês, o que é que tu acha que vai doer mais do que não saber onde meu filho tá? Me fala o que a Esmê disse.

— Ela tá triste, Dora, tá ferida. Disse que não entende tu querer ficar sozinha, ter trazido o Bento pra cá. Que se tu estivesse lá com ela ou ela estivesse aqui contigo isso não teria acontecido. Mas é muito "se" numa frase, e ela fala tudo isso espiando pela varanda, vendo se tu vai abrir a janela, ou pelo menos afastar a cortina.

— O pior é que ela tá certa, Inês.

— Chora assim, não, Dorinha. A Esmê tá agoniada também, mas vocês vão se acertar, são uma só, né? Ela tá indo lá no delegado de manhã, mas ninguém tem notícia, ela vai desistindo. Contratou um detetive, deu em nada, ela e o Jaime pra cima e pra baixo tentando resolver, buscando uma pista que fosse, mas nada. Aí a Miriam achou melhor ela sair daqui, disse pra ela ir passar uns dias em Fortaleza, mas ela disse que não arredava o pé daqui e assim fez, vem todo dia, todo dia, fica te vigiando um pouco, pergunta se tu come e como é que eu sei se tu tá viva mesmo.

— Obrigada por tudo, Inês. Tu sempre cuidou de mim, sempre esteve comigo, é como uma mãe pra mim. Obrigada por ter ido lá em casa todo dia, limpado as coisas, feito a comida. Eu não podia abrir a porta, mas sabia que tu tava ali, na hora que a chave girava avisando que tu tinha chegado, aquele monte de bicho que mora no quarto comigo até ia embora, eu tinha umas horas de sossego.

— Tem do que agradecer não, Dorinha, o que fiz por ti até hoje faria mais se pudesse, tu é minha menina também. Tu e a Joana são minhas meninas. Mas olha, minha filha, tô até pra comentar uma coisa contigo, mas escuta com calma, sem aperreio, meu coração aqui numa agonia tão grande, aperta, sabe, mas preciso que tu pelo menos pense nisso. Foi o Chico que falou e eu acho que ele tá certo.

— Que foi, Inês?

— Vai embora dessa casa, Dora, vende isso aqui. Essa casa é estranha, foi construída do jeito errado, teu pai fez pra prender tua mãe dentro, uma casona assim cheia de quarto grande pra ela não sentir falta lá de fora, ficava aqui entretida limpando, passando pano em tudo, tirando as poeiras, lavando os azulejos um por um, nem lembrava do que tinha depois da porta. O Chico vai falar contigo, depois tu conversa com ele, mas acho que tem alma penada do teu pai, ele nunca saiu daqui nem vai sair. Vende isso e se manda, essa casa vale muito dinheiro, o terreno é largo, tem boa estrutura, vai embora, menina, nem que seja pra morar ali na outra rua, mas vai, faz tua vida, Dorinha, não deixa teu pai vencer nem tua mãe.

O Chico estava parado na porta enquanto a Inês falava. Quando olhei pra ele, a Inês já tinha dito tudo, mas ele completou, com uma voz firme que era a primeira vez na vida que usava comigo: tem o que pensar não, Dora, nem discutir, tá na hora de tu ir embora dessa casa, e é assim que vai ser.

Naquele mesmo dia, eu ouvia os passos do Chico rodeando a casa, com as mudas nas mãos. Falava sussurrado o que ninguém entende. Deu uma volta, duas, completou sete voltas.

Depois o Chico começou a desaparafusar os trincos da porta da frente e de trás. Deu mais sete voltas na casa. Os galhos nas mãos e a fala saindo entre os dentes, os olhos sem piscar olhando lá pra frente. Resolveu que tirar só os trincos não era suficiente, tirou as portas com tudo. Deixou a casa aberta tanto no jardim quanto no quintal. Falou que eu podia dormir tranquila, que ninguém ia entrar, que todo mundo que tinha de entrar e de sair dali já tinha entrado e tinha saído e agora, já nem era uma casa mais, sem porta nenhuma, virou outra coisa.

O Chico ainda teve tempo de capinar o jardim, foi tirando tudo da frente, deixou uma roseira, nem sei por quê, eu nem de rosa gosto, coisa de defunto. Pois deixou a roseira, colocou um banco perto e, coisas do Chico, um copo d'água cheio em cima. Disse que eu deixasse o copo lá, quieto, que não fosse dar uma de curiosa. No outro dia de manhã, a primeira coisa que eu fiz foi ir lá no quintal pra conferir o copo. Vazio todinho, seco, seco em cima da cadeira, do mesmo jeito que o Chico tinha colocado, mas sem nenhuma gota.

# 31.
## Os olhos

Pela primeira vez a casa da minha mãe e do meu pai era um quadrado feito de muros cheio de caixas espalhadas pelo chão. Havia achado outro lugar na cidade aqui do lado, com jardim, menor e com mais janelas. Com quintal e uma mangueira que dava sombra e manga-rosa e um ônibus que passa na porta pra Inês e pro Chico irem lá quando quisessem. Joguei as tralhas nas caixas, mas só pra depois resolver o que fazer com tanto cacareco, eu que não ia levar nada disso pra casa nova, jogava os objetos com fúria e indiferença alternadas, as vidas que tivemos, sobretudo as que não tivemos. Entre um pacote fechado e outro, me dava uma coceira na garganta e o silêncio feito fel que é coisa de gente que nem eu, que só foi parida, expulsa de dentro à força feito um peido preso e seja o que deus quiser e, pra meu azar, deus queria tão pouco.

Eu embalava uma casa cuja história era eu quem contava pra mim mesma porque não tinha quem me contasse, nem pra quem perguntar. Esse aqui foi o copo que a Inês me deu no primeiro dia de aula. Essa camiseta a Esmê deixou aqui depois do nosso passeio da escola na quinta série. Essa foto o Jaime tirou com uma máquina de segunda mão, eu estava estendendo a roupa lá fora, ele disse que a luz estava bonita com o lençol branco, queria deixar minha barriga destacada. O Bento dentro da minha barriga.

Mãe, como foi que eu nasci? Que horas? Tu teve medo? Por quanto tempo eu mamei? Qual o primeiro barulhinho que eu fiz? Tu chegou a me ver falar? Eu engatinhei? Tu me viu andar? Que tipo de bebê eu fui? Eu gostava de laranja? Porque hoje eu gosto. De laranja, de manga, de melancia, de tamarindo. Não gosto muito de abacate, mas como se precisar. Que tamanho eu tinha quando tu foi embora? Eu dormia no teu quarto? Quando tu saiu por aquela porta, onde eu estava dormindo? Tu olhou pra mim quantas vezes antes de ir? Como tu teve coragem de me deixar? Tu tem alguma roupinha minha guardada? Tu levou meu cheiro contigo? Eu tinha cheiro de bebê? Eu dizia em voz alta e minha voz era ignorada, ninguém respondia, não vinha ninguém me contar. Minha vida era da Esmê pra frente. Só a Esmê colecionava minhas histórias, só ela tinha memória do meu começo.

Ouvi a batida na porta, mandei entrar cortando as palavras no meio. Era a Joana. Usava um vestido vermelho plissado na barriga seca, as pernas grossas brilhando, uns brincos do tamanho de um punho. Era linda a desgraçada, ô raiva. Não queria a Joana ali, não queria ninguém. Queria que fosse a Esmê, que fosse o Jaime me abraçando, ou até um jumento sozinho com meu filho montado na garupa.

— Com licença, Dora.

  — O que é que tu quer, Joana?

  — Quero falar contigo.

  — Então fala, mas cuida que eu tô ocupada. E se for panfleto dos teus shows em Fortaleza, tô sem tempo. Meu filho sumiu, Joana, não sei se tu tá lembrada, então tenho mais o que fazer. Aliás, olha, Joana, eu nem dei ouvido pros boatos de que tu tá metida nessa história, não, mas tu reza, viu, porque se mais gente chegar por aqui me dizendo isso e aquilo de ti, do fim de semana que tu veio de Fortaleza e tava aqui quando o menino sumiu, olha, Joana, tu reza, porque eu corto tua garganta e te deixo de cabeça pra baixo com o sangue pingando igual o de uma galinha.

— Tu é engraçada, Dora.

— Desembucha. O que é que tu quer aqui?

— Tu sabia que o delegado foi atrás de mim lá em Fortaleza?

— E eu com isso.

— Ele foi lá em casa uma vez, eu não tava, falou com minha tia, fez umas perguntas a ela. Depois outra noite apareceu lá no bar, tu acredita? Ele e mais dois, achando que eu tenho medo. Ficaram lá sentados na mesa me olhando, tomando cachaça, depois foram comigo até o carro, perguntando da noite que o menino sumiu. Nem contei nada pro meu pai, mas se não fosse o respeito que ele tem aqui, eu nem sei.

— E?

— E aí que eu preciso que tu te vire, que tu faça ele parar de ir atrás de mim.

— Tu pode me explicar o que eu tenho a ver com tuas pilantragens?

— Tu é muito sonsa mesmo, né, Dora. Sempre foi sonsa, ardilosa, encostada naquela destrambelhada da Esmê, se fazendo de coitada porque não tinha mãe e teu pai era uma múmia... mas agora piorou de vez. Inclusive tu acha que a pele de coitada fica bem em ti, mas não fica não, viu? A Esmê te deu uns tapas, né, mas nem devia, tu tá igualzinha a ela, o ar de sabida, de tá por cima, mal-educada e baixa.

— Desembucha, Joana. O que é que tu quer aqui?

A Joana e eu sozinhas na sala, o sopro do que não tem volta balançando as folhas lá fora.

— Dora, tu sabe que eu tava ali no quintal no dia que teu filho sumiu — a Joana disse com a voz fingindo que não estava tremendo. — Eu tava fumando, com a porta que dá pros fundos aberta. Eu vi a pessoa saindo daqui de dentro com o bebê no colo e subindo ali a rua de cima, onde passam os carros.

O chão que faltava, o ar que não tinha, a água que escorria dos meus olhos feito barreira rebentada a golpe.

— E o que foi que tu viu, sua praga, amancebada com o diabo? O que foi que tu viu? — berrei.

A Joana também chorava. Não era mãe, mas era mulher, sabia onde doía.

— Calma, Dora, fala baixo. Eu tava encostada na porta, do lado de dentro. Tudo escuro, as casas sem nenhuma luz, sem energia na rua, nem estrela tinha no céu. Eu ouvi os passos dentro da casa, as portas de dentro abrindo e fechando devagar, depois uma batida. Não tinha nada de estranho, Dora, nada fora do normal, não tinha do que desconfiar. Entrei, fechei o portão do quintal e depois ouvi teu grito, corri pra te acudir e achei que tinha gente aqui, mas nada. Só um barulho de carro passando na estrada aqui em cima. E mais ninguém.

— Se não tinha ninguém aqui em casa, o que foi que tu viu, peste? Por que tu tá me falando isso agora, Joana? — eu dizia, com o rosto banhado de lágrimas, de catarro, de cuspe, espuma e ódio.

— Eu tava fumando os negócios do quintal do meu pai, Dora. Sei lá, o delegado veio, então foi tudo rápido, tu ficou aos gritos aqui, a Esmê depois chegou com o Jaime, ela me bateu, me acusou, disse que eu tinha roubado o menino e dado pra um traficante em Fortaleza. O delegado queria me levar pra polícia, eu tentando disfarçar que tinha fumado, meu pai que chegou dizendo que eu tava dormindo, que tinha até tomado remédio e que acordei atordoada. Ninguém dirigia a palavra a mim direito nesta cidade, Dora, e quando falaram comigo foi pra dizer que ajudei a roubar uma criança. Até tu e a Esmê se afastaram de mim e olha que nós crescemos juntas, eu sou que nem vocês, sou cria deste lugar, mas se nem vocês que cresceram comigo me queriam por perto, quem ia querer? Vocês duas sempre me deixando de fora das brincadeiras, nunca nem desmentiram os boatos de que eu era prostituta, e tu sabe que eu não sou puta. Eu trabalho numa loja, eu canto em bar, tu sabe disso, tu sempre soube, tu, a Esmê e o Jaime já me viram cantar naquele bar da Praia de Iracema e nunca nem se deram ao trabalho de desmentir nada. Minha mãe ajudou a te criar, Dora, tava aqui dia e noite fazendo tudo por ti, foi mais mãe tua que minha, muito mais, te venera, e tu deixando ela levar a fama de mãe de puta, numa cidade como esta, Dora. Quem é tu pra falar assim comigo? E depois ficou tudo confuso. Mas eu não tô louca, eu sei o que eu vi.

— Vai embora daqui, Joana. Some daqui. Some.

— Não, Dora — a Joana continuou, tremendo, com as lágrimas descendo uma atrás da outra sem pausa. — Eu pensei muito se eu vinha aqui, mas só tô te falando porque vejo essa imagem toda noite antes de dormir, toda hora que fico parada em algum lugar eu vejo. Eu sei que tu vai pegar uma faca pra me matar, sei que tu vai me amaldiçoar e me odiar o resto da vida. Mas por mim tudo bem, pode vir pra cima, não tô com medo. Eu não vou é viver com homem na minha cola, passando vergonha por uma coisa que eu não fiz. E afinal de contas, eu sempre soube que o motivo de eu nunca ter dado com a língua nos dentes foi pra te proteger, eu te juro, eu nunca vou contar pra ninguém, tu só tem que dar um jeito no delegado. Só isso. Tu sabe que a verdade é uma só, não tem enfeite, nem jeito bonito de dizer. E a verdade, Dora, tu aceite ou não, tu negue ou não, tu fale e faça o que tu quiser, a verdade é que ninguém entrou na tua casa naquela noite. A pessoa que saiu pela porta de trás com o bebê nos braços foi tu. Eu vi.

*Joana, Joana*
*Tem dentinhos de piranha,*
*As perninhas cambitas,*

*Tem pelinhos de aranha,*
*E a bocona tão medonha.*

*Joana, Joana*
*Um dia vai cair da cama,*
*Vai perder o dentinho de piranha,*
*Vai quebrar a perninha cambita,*
*Vai rachar a bocona medonha.*

Joana, Joana, piranha, aranha, cambita, medonha.

# 32.
## A terra prometida

Daqui do quintal dá pra ver lá na frente. O menino pegando a estrada, atravessando rio e tudo, indo parar do outro lado, parece que é no Paraguai, pros lados de cima de Assunção. Viajou tantos dias, depois mais cinco horas de carro da linha que o Brasil termina, se embrenhou onde não se chega, passa muamba, compram, vendem, vai pra lá, vem pra cá, biii-biiii. Tem uma mãe com cabelo fresquinho de tinta, de carnes duras, bonita que só. Ela é Valeria e ele é Pablo. O menino chama Pablo, só Pablo. Já dá os primeiros passinhos, sabe? Vai pra creche e mesmo quando crescer vai continuar tendo a mãozinha de criança, ele prometeu. Jurou que a mão não vai crescer porque era o que eu gostava nele, a mãozinha miudinha parecia de brinquedo. A Valeria carrega o menino pra cima e pra baixo falando com ele, sussurrando assim no ouvido, eu sou sua mãe, sua mãe, pequenino, mas fala na língua dela, que só ela entende e que um dia talvez ele vai aprender.

O menino não pode ainda, tem que obedecer à mamãe, mas se conseguisse atravessar o mapa, se viesse de baixo pra cima do Brasil, antes de chegar a Fortaleza, ia me ver aqui sentada na varanda, com um sorriso na cara. Ia ver o Jaime limpando o quintal, a Esmê chupando a manga no banco de madeira que fica encostado no muro. Ia ver a casa nova, cor de goiaba, janelas azuis que até precisam de pintura, mas o Jaime já começou, dia desses ele termina. Se o menino soubesse andar, podia ir daqui até a casa antiga, não é longe, a que meu pai construiu e eu saí de lá depois que o Chico viu só coisa ruim, vai embora, Dorinha, sai dessa casa. E eu saí, peguei duas sacolas, a radiola e o disco da Amelinha e deixei os restos das tralhas encaixotados e vim pra cá, que é menor e melhor. A outra casa ficou no mesmo canto, um dia vai cair aos pedaços e morrer igual meu pai, ou vou lá e taco fogo em tudo, ou derrubo com um machado, ou dou um monte de cacetada com a cabeça até não ficar nada em pé.

O menino não vê nada disso, nem ninguém vê, mas se eu estico assim a cabeça, vejo minha mãe acocorada nos galhos do pé de manga, tentando se esconder, a boca cheinha de dentes, os olhos saltados por dentre as folhas, os joelhos pontudos que não deixam mentir que é ela mesmo. Fica ali me espiando a vadia, toda hora, toda hora. Deixa ela lá trepada, a doida, dali ela não sai.

Aqui, se o menino conseguisse ver lá de onde ele está, entenderia que não tem nada fora do lugar, a casa é toda organizadinha. As folhas tão verdes, a areia tão fofa que dá gosto, viçosa, vai nascer muita árvore que o Jaime vai plantar com essa mão grande de homem que faz tanta coisa e ainda arruma tempo pra fazer carinho. Ele vem aqui às vezes, faz um arranjo nas portas, ajeita o telhado, tem noite que fica pra dormir, depois passa uns dias sem aparecer, depois vem de novo, limpa o quintal. Quando ele vem, durmo no meio da cama, com ele de um lado e a Esmê do outro. A casa tem dois quartos, mas nem precisa porque a Esmê e eu dormimos juntas todos os dias, ficamos caladinhas assim, sentindo o quintal dar flor e fruto e os bichos se chegando porque aqui é fartura e não falta nada pra ninguém.

Talvez o menino até consiga ver com aqueles olhos de bila: a terra prometida pela Esmê no meu aniversário, o cartão da Maria com o Jesusinho num porta-retrato do lado da nossa cama, minha mãe camuflada de verde, eu aprendendo crochê e renda de bilro, fazendo cumprir a promessa. O tempo que passe, a vida que se rebole, a Esmê e eu vamos envelhecer aqui e qualquer dia faremos juntas o caminho pro céu.

# Agradecimentos

Agradecimentos são a parte mais engenhosa de qualquer obra, logo, admito que a lista a seguir é irremediavelmente incompleta e desastrosamente enxuta.

Socorro Acioli, que chegou aqui quando tudo era mato. Turma da Agência Riff, que me ajudou a capinar. Marcela Dantés, que leu e releu as inúmeras versões desta história com uma paciência difícil de reproduzir. Juan Pablo Villalobos, que me deixou em dúvida. Malu Poleti, que fez uma lista de perguntas. Antônio Xerxenesky, que esticou a baladeira. André Conti, meu editor-afiador, amolador de facas, que viu graça nessa história muito antes de mim (e equipe da Todavia, que é tipo um sonho). Os amigos Alex Santos e Raphael Lima e amigas Manuela Gambagorte e Maria Mathu, que leram e comentaram antes. Emídio Soares, a postos em cada uma das minhas crises. Tereza de Quinta, uma certeza desde o começo. E, claro, sempre: Matthew, que segura minha mão todos os dias, e Sandra, a primeira mão que segurei na vida.

© Lorena Portela, 2024

Todos os direitos desta edição reservados à Todavia.

Grafia atualizada segundo o Acordo Ortográfico da Língua
Portuguesa de 1990, que entrou em vigor no Brasil em 2009.

capa
Elisa v. Randow
ilustração de capa
Terezadequinta
preparação
Silvia Massimini Felix
revisão
Jane Pessoa
Ana Alvares

1ª reimpressão, 2024

Dados Internacionais de Catalogação na Publicação (CIP)

---

Portela, Lorena
O amor e sua fome / Lorena Portela. — 1. ed. — São
Paulo : Todavia, 2024.

ISBN 978-65-5692-641-4

1. Literatura brasileira. 2. Romance. 3. Ficção
contemporânea. I. Título.

CDD B869.3

---

Índice para catálogo sistemático:
1. Literatura brasileira : Romance B869.3

Bruna Heller — Bibliotecária — CRB 10/2348

**todavia**
Rua Luís Anhaia, 44
05433.020 São Paulo SP
T. 55 11 3094 0500
www.todavialivros.com.br

fonte
Register*
papel
Pólen bold 90 g/m²
impressão
Geográfica